무위꽃 정원

신비롭고 환상적인 소설

무위꽃 정원

문경복 장편소설

사과나무

무위꽃 정원

초판 1쇄 발행   2019년 7월 15일

지은이   문경복
펴낸곳   도서출판 사과나무
펴낸이   권정자
등록번호   제11-123(1996.9.30)
주소   경기도 고양시 덕양구 충장로 123번길 26, 301-1208
전화   (031) 978-3436
팩스   (031) 978-2835
이메일   bookpd@hanmail.net
블로그   http://blog.naver.com/giruhan
트위터   @saganamubook

ISBN   978-89-6726-039-2 03810

* 값은 뒤표지에 있습니다.

이 도서의 국립중앙도서관 출판시도서목록(CIP)은 서지정보유통지원시스템 홈
페이지(http://seoji.nl.go.kr)와 국가자료공동목록시스템(http://www.nl.go.
kr/kolisnet)에서 이용하실 수 있습니다.(CIP제어번호: CIP2019023876)

추천의 말

문경복 작가의 소설 〈무위꽃 정원〉은 생태 철학 측면에서 노자 철학을 읽기 쉬운 문체와 흥미로운 이야기로 풀어냈다는 점에서 의미가 있다. '무위꽃'과 인위적 차원의 '정원'이 어울릴 것 같지 않지만 작가는 노자 철학도 결국은 인간의 인위적 현실을 떠나 있는 것이 아니라는 점에서 '무위꽃'과 '정원'의 절묘한 조합을 꾀하고 있다. 오늘날 환경문제, 생태문제가 인류의 화두 중의 하나로 등장한 시점에서 노자사상을 생태와 연계해 소설화한 것은 매우 참신한 시도에 속한다.

루신은 〈고향〉에서 장자(莊子)가 말한 "길은 가면 생긴다[道行之而成]"를 언급한다. 이 책은 작가가 개척한 첫 번째 길인 셈인데, 독자들이 이 소설을 재미있게 읽고 노자가 지향한 무위자연의 생태적 의미를 이해했으면 한다.

　　　　　　　　　　　　　　　- 조민환(성균관대학교 동아시아학과 교수)

2호선 건대입구역 근처에 "도를 아십니까?"를 묻고 다니는 이들이 많은데, 만약 그들이 도(道)를 이 책처럼 들려주었다면 두 시간이라도 서서 들었을 것 같다. 흡입력이 대단하다. 신비한 판타지를 정신없이 따라가다 보면, '노자'를 전혀 모르던 나 같은 사람도 마지막 문장을 읽자마자 인터넷에 노자와 〈도덕경〉을 검색하게 된다. 그러면 또 몇 번이고 반갑고 즐거워진다. '아~ 이래서 그게 나온 거구나!'

이 소설은 마치 영화 같은 상상력으로 노자의 신화를 내놓았다. 나처럼 노자를 모르고, 또 관심도 없던 사람들에게 권하고 싶다. 길을 걷다 '도를 아십니까?'를 만났을 때, "무위 자연" 한 마디를 툭 던지고 지나칠 수 있도록 말이다.

　　　　　　　　　　　　　　　- 김동식(소설가, 〈회색 인간〉 작가)

차
례

내가 가진 물건 중 값어치 있는 것은 얇은 은가락지 하나
뿐이었다.

아랫마을에 가서 은가락지를 작은 씨앗 하나와 교환했다.
집에 돌아와 햇볕이 잘 드는 마당 한가운데에 그 씨앗을 심
었더니 싹이 트고 어느새 꽃이 피었다. 작위꽃이었다.

작위꽃의 씨앗을 받아서 이듬해 봄에 마당 곳곳에 심었다.
정성을 쏟으니 마당은 작위꽃 밭이 되었다. 그렇게 몇 해가
지나자 마당을 넘어 작위꽃 숲이 되었다. 보는 사람마다 아름
다운 숲이라며 칭찬했다. 어떤 사람이 내게 물었다.

"당신이 이 숲의 주인이군요?"

"저는 주인이 아닙니다."

"당신이 이곳을 작위꽃 숲으로 만들지 않았나요?"

"제가 이 꽃들을 심고 돌봤죠."

"그러면 당신은 주인이 맞네요."

"나는 주인이 아니에요, 그저 잘 자라도록 도울 뿐입니다.●
그리고 작위꽃이 아니라 무위꽃입니다."

　무위꽃은 이파리가 없는 식물로, 연한 초록색 줄기가 뿌리에서 하늘로 곧게 뻗어 있다. 그리고 봄이 시작될 때, 새하얀 꽃잎 두 장이 갓난아이가 손을 오므린 모습으로 둥글게 피어난다. 그 안에 물방울만 한 크기의 암술 하나를 소중한 듯이 숨겨뒀는데 코를 가만히 가져다 대면 은은하게 물 냄새가 난다. 가을까지 꽃이 피고 지기를 반복하다 추운 겨울이 되면

● 노자 〈도덕경〉 51장
　도는 (만물을) 생겨나게 하고 덕은 (만물을) 기른다. 잘 자라나게 하고 길러주며, 안정되게 하고, 도탑게 하며, 양육하고 감싸준다(道生之 (德)畜之 長之育之 亭之毒之 養之覆之).
　생겨나게 하고도 소유하지 않으며, 잘되게 하면서도 자랑하지 않고, 키워주면서도 주재하지 않는다. 이를 현덕이라고 한다(生而不有 爲而不恃 長而不宰 是謂玄德).

꽃잎만 지고 줄기와 뿌리는 잠을 잔다. 십 년쯤 되어 다 자란 무위꽃은 어른 남자의 정수리보다 한 뼘쯤 높은 곳에서 꽃을 틔운다.

비록 다른 꽃과 비교해서 근사하게 생기지도 않았고 매혹적인 향기도 없지만 아이부터 노인까지 좋아하고, 벌과 나비도 좋아한다. 사막, 섬, 강변, 깊은 숲속, 어디에서도 잘 자라지만 토끼풀 한 포기에도 해를 입히지 않는다.

이곳 무위꽃 숲에는 많은 사람이 찾아온다. 꽃구경을 오기도 하지만 나를 찾아오는 손님도 적지 않다. 문제나 걱정 등의 질문이 있으면 선생을 찾아가 묻는 풍습이 남아 있어서 그렇다.

나는 손님을 위해서 무위꽃 숲 한가운데에 동그란 나무 탁자 하나를 놓고 그 둘레에 의자 여러 개를 마련해뒀다. 나는 그중 한 곳에 앉아 언제 올지 모르는 그들을 기다렸다. 덕분에 손님은 나를 찾아서 무위꽃 숲을 헤매지 않았다.

해가 완전히 오르지 않은 이른 아침에 죽으로 간단한 식사를 마치고 늘 같은 자리로 와 앉았다. 나무가 머금은 물기에 바지가 조금 축축해졌지만 곧 해가 떠오르고 더운 바람이 불 것을 알기에 괘념하지 않고 등받이에 몸을 기댔다.

곧 따뜻한 바람과 함께 중년 남자와 여자아이가 걸어왔다.

처음 보는 부녀였다.

남자는 크지 않은 키에 나이는 마흔 살 정도로 보였고, 딸아이는 예닐곱 살 정도로 보였다. 아이의 아버지가 다가와 내게 물었다.

"노자님이 맞으신가요?"

"내가 늙은이같이 보인다고 놀리는 거요?"

나만의 농담 방식이었다. 백발에 주름진 얼굴로 노인처럼 보이지만 사실 나는 서른세 살밖에 안 된 총각이었다. 웃는 얼굴로 말했기에 농담인 것을 그도 알아차렸을 것이다.

남자가 손사래를 치며 말했다.

"그런 뜻이 아닙니다, 마을 사람에게 노자님에 관해 들었습니다. 그 일에 대해서 듣고자 찾아왔습니다."

'그 일'이라면 분명히 내가 노자로 불리게 된 이야기를 말하는 것이다. 이곳에 막 정착했을 때는 사람들에게 그 이야길 해줬다. 하지만 보이는 것만 믿는 이에게 내 이야기는 그저 재미 삼아 지어낸 허구일 뿐이었다. 나는 그 사실을 알고 난 이후로 그 이야기를 해주지 않았다.

남자의 말에 대답하지 않고 고개를 돌려 먼 산을 바라봤다. 이러면 대개 '말하고 싶지 않구나'라는 것을 알아차리고 다른 질문을 했다.

우리 두 사람 대화에 잠시 공백이 생기자 남자의 옆에 서 있던 여자아이가 내게 물었다.

"할아버지, 그 일이 뭐예요?"

목소리가 난 곳으로 고개를 돌렸다. 나와 여자아이의 눈이 같은 높이에서 마주쳤다. 또렷한 검정 눈동자 안에 하얀 무위 꽃 위를 날아다니는 꿀벌이 비쳤다. 그날, 잔인할 정도로 맑고 깊었던 그날의 물속 같았다. 둥글고 뽀얀 얼굴은 새로 태어난 그날의 하늘과 닮았다고 느껴졌다. 어느 지역의 의복인지 모르겠으나 아이는 위아래가 붙어서 한 벌로 된 진달래색 옷을 입고 있었다.

아이의 분위기는 어떤 단어를 떠올리게 했다. 봄. 봄 같은 느낌이었다.

나는 문득 이런 생각이 들었다. 내가 모든 생명을 잠재운 겨울을 보냈다면 이 아이는 생명이 깨어나는 봄을 보내겠구나. 그렇다면 봄에게 겨울 이야기를 남기는 것도 좋겠다.

나는 아이의 동그란 머리를 쓸어 넘기듯 부드럽게 물었다.

"아이야, 네 이름이 뭐니?"

"저는 신아예요."

"아주 예쁜 이름이구나. 그 일이라는 건 이 할아버지가 노자라는 별명을 얻게 된 이야기란다. 조금 긴데 그래도 들어볼

래?”

아이가 작은 머리통을 위아래로 크게 끄덕여 보였다. 나는
정말 할아버지가 된 듯 아이의 아버지를 맞은편 의자에 앉도
록 하고, 아이는 내 무릎에 앉혔다. 그리고 아이의 눈을 찬찬
히 바라보고 싶어서 가장 먼 이야기부터 시작했다.

1부

태어나서

1

　　나(拿) 나라에 나장(拿場)이라
는 작은 시장이 있었다. 전쟁 이전에 나장은 농기구부터 과
일, 곡식, 해산물, 얼음까지 없는 게 없는 곳이었다. 하지만 당
시는 나 나라 군대에게 먹을 것과 농기구 대부분을 빼앗기고
흙먼지만 날렸다고 한다. 또 언제 병사들이 들이닥쳐 남은 식
량을 가져갈지 모른다는 사실에 나장 상인들은 늘 불안해했
다.

　열댓 명의 상인이 대나무 평상에 모여 앉아 이야기했다.

　"저 할매의 주변에는 늘 안 좋은 일이 일어나잖아."

"노인네 지아비는 전쟁에 나가자마자 죽었다잖아."

"귀신을 뱃속에 넣어 다니니 그렇지."

"맞아, 저 할매 꼴 좀 봐. 보기만 해도 기분 나빠져."

상인들이 턱짓으로 가리킨 곳에 한 노파가 오지그릇을 팔고 있었다. 사람들은 그녀가 나쁘다고 말했다. 그러나 무엇이 나쁜지는 아무도 몰랐다. 그냥 나쁘다고 했다. 상인 중 한 사람이 말했다.

"아이가 뱃속에서 화석이 된다는 게 말이나 돼? 아이를 팔십일 년이나 품고 있는 게 말이 되느냐고. 저 늙은이가 어디서 남자를 꾀는 거지."

"저 늙은이가 남정네한테 발정제 먹이고 덮치는 거구먼!"

"호호호호."

상인들의 농담에 대나무 평상도 삐걱삐걱 웃음을 터뜨렸다.

한 사람이 평상에서 일어나 노파가 있는 곳으로 걸어갔다. 푸줏간 주인이었다. 그가 호기롭게 말했다.

"네년 때문이야. 재수 없는 년이 이곳에 있으니까 모두가 풀죽만 끓여 먹는 거라고. 이 마을에서 당장 꺼져!"

킥킥대는 소리와 '옳소' 하는 추임새가 그를 응원했다.

푸줏간 주인은 기세가 등등해져서 노인의 그릇을 발로 밟아 깨뜨렸다. 둥근 그릇이 둔탁한 소리와 함께 깨지는데도 노파는 동요하지 않고 가만히 앉아 그를 올려다보고 있었다.

그녀의 얼굴은 팔십 년 동안 햇볕에 말린 미역처럼 딱딱하고 주름지고 새까맸다. 허리를 깊이 숙이고 다녔는데, 둥그렇게 늘어진 뱃가죽 안에는 팔십일 년 전에 죽어서 화석이 된 아이가 들어 있었다.

아이를 빼내야만 살 수 있다는 의원의 심각한 말투에 노파는 피식 웃어버렸었다. 죽는다는 데도 웃는 이상한 노파 이야기는 의원의 입을 타고 나장 상인들에게 알려졌다. 이후 상인들은 노파가 귀신을 배에 넣고 다닌다는 둥, 젊은 남자 뒤만 졸졸 쫓아다닌다는 둥, 질 나쁜 농담을 했다.

험담은 나날이 심해져서 나중에는 노파의 눈을 보면서 욕을 했다. 하지만 정작 노파는 초연했다. 파도의 심술에도 아랑곳하지 않는 해초처럼 그들이 만든 이기적인 물살을 그대로 흘려보냈다.

노파를 살갑게 챙기는 사람도 한 명 있었다. 홍구네였다. 노파는 홍구의 어머니보다도 나이가 많았는데 홍구네는 굳이 언니라고 불렀다.

홍구네가 어렸을 때 착하고 순진했던 친언니가 사람들의 모함으로 스스로 목숨을 버린 일이 있었다. 신분이 높은 남자에게 꼬리를 쳐서 잠자리를 가졌다는 소문이었다. 어린 홍구도 어찌 씨를 뿌리지 않은 밭에 콩이 자라겠냐며 친언니의 뺨을 후려치던 아버지의 말을 믿었다.

나중에 알고 보니 신분 높은 남자는 홍구네의 할아버지보다도 나이가 많은 늙은이였고 그에게 당한 여자를 불러 모은다면 친언니가 뛰어내린 호수를 가득 메울 수도 있었다. 나이가 들어서야 그날 친언니의 눈물이 빨갛게 달아오른 볼을 식히기 위함이 아니었다는 것을 알았다. 노파를 언니라고 부르며 살갑게 챙기는 것은 마음 한구석에 묻어둔 친언니에게 용서를 구하는 일이기도 했다.

노파도 그런 홍구네를 친동생처럼 여겨서 특별한 손재주가 없던 홍구네에게 그릇 빚는 방법을 가르쳐줬다.

추운 겨울, 햇살이 손님처럼 내려온 날이었다. 노파는 아직 그릇 파는 일이 익숙하지 않은 홍구네를 도와주기 위해서 나장으로 갔다. 그런데 겨울바람이 아직 차가운 탓인지 몸이 으슬으슬했다. 곧 눈도 침침해졌다. 늪지대에 들어선 것처럼 걷기가 힘들었다. 노파는 결국 나장 앞 진흙 바닥에 덜렁 주저앉아 버렸다. 발끝부터 엉덩이까지 진흙 칠을 하고 길을 지나던 젊은 총각의 부축을 받아 겨우 집으로 되돌아왔다.

노파는 이불 속으로 파고들어 몸을 웅크렸다. 곧 온몸의 관절 마디와 아랫배가 아프기 시작했다. 살면서 감기 한 번 걸리지 않고 건강했다. 이렇듯 갑자기 아픈 것은 분명히 죽음의 신호라고 생각했다.

문득 남편이 생각났다. 가난했던 그는 떠나며 이렇게 말했다.

"임자, 내가 큰 땅을 받아와서 평생을 호강시켜 주겠소. 금방 다녀올 테니 이 반지를 보며 나를 생각하시오. 만일 내가 없는 동안 계집아이가 태어난다면 이름을 '이홍'으로, 사내아이라면 '이이'로 지어주시오."

그렇게 떠난 남편은 이듬해 '나(拿)·주(主) 전쟁'에 참전해서 아군이 실수로 쏜 화살에 뒤통수를 맞고 죽었다. 그의 짐작대로 아기가 생겼지만 뱃속에서 화석이 되어 이홍인지, 이이인지는 알 수 없었다.

노파는 몸을 일으켜 이불 밑에 숨겨뒀던 작은 은가락지를 꺼내 매만졌다. 이때 다시 배가 아프기 시작했다. 천장을 보고 눕자니 화석이 된 아이의 무게가 장기를 짓눌러 숨을 쉴 수가 없었고 옆으로 눕자니 배가 터질 것 같았다. 이불이 땀으로 젖었다. 눈을 감고 고통의 시간이 빨리 지나가기만 기다렸다.

마침 홍구네가 죽 한 사발을 손에 들고 방 안으로 들어왔
다. 그녀의 코맹맹이 소리가 작은 방에 울렸다.

"아니, 내가 온다니까 왜 나와서 아프고 그래요. 그릇은 다
팔지도 못하고 그냥 들어왔네."

"별일 아닌데 뭘, 다 팔고 오지. 어떻게 알고 온 거야."

"아니, 지나던 사람이 시장 앞에서 언니가 쓰러졌다고 해
서 그냥 접고 왔어요. 그릇 값은 언니한테 받아야지."

홍구네의 입꼬리가 장난기로 씰룩댔다.

노파는 옆에 앉은 홍구네 손에 은가락지를 쥐여 줬다.

"어머머, 이게 무슨 가락지야? 진짜 은이에요?"

"내가 줄 게 이것밖에 없어. 자네라도 없었다면 내가 많이
외로웠을 거야. 그동안 정말 고마웠어."

"아이고 많이 아프신가 보네. 이런 것 주시지 말고 얼른 일
어나세요. 건강하시다가 어떻게 하루아침에 죽을 사람처럼
군데요?"

"비싼 것은 아니지만 나에게는 소중한 거니, 잘 간직하게.
나 먼저 가네."

이때, '툭!' 방 안을 울릴 정도로 큰 소리가 났다. 곧 말갛고
미끄러운 점액이 이불 밖으로 쏟아져 나왔다.

노파가 아래를 더듬었다.

"응? 이게 뭐지?"

"…언니, 이거 양수 같은데요?"

노파는 반나절 동안 산통을 겪었고 깊은 새벽에 홍구네가 아이를 받았다. 노인처럼 새하얀 머리의 남자아이였다. 홍구네가 아들이라며 노파의 품에 아이를 내려놓자 그녀는 옅은 미소를 띠고 팔을 감아 안았다.

"남자아이이면 '이이'라고 불러야겠구나…."

노파는 고개를 돌려 홍구네를 빤히 바라봤다. 그녀의 까만 눈동자 위로 눈물이 쏟아질 듯 차올랐다. 노파의 눈빛이 홍구네에게 무슨 말을 하고 있었다. '미안하고 고마웠다, 염치없지만 이이를 부탁한다' 같은 말이었을 것이다. 사소한 일에도 미안해하는 노파의 성격을 홍구네는 잘 알고 있었다. 미안함 때문에 입을 열지 못하는 게 틀림없었다. 홍구네가 알겠다는 듯 작게 고개를 끄덕이자 노파는 스르르 눈을 감았다. 그리고 이내 숨을 멈췄다.

홍구네가 볼품없게 폭삭 꺼진 노파의 뱃가죽을 흔들었다. 언니, 언니… 흰머리 아이가 울음을 터뜨리자 홍구네도 따라서 큰 소리로 울었다.

2

새하얀 머리의 아이가 태어난 때와 같은 시간, 나(拏) 나라 왕실에서도 아이가 태어났다.

지친 기색의 왕비가 자줏빛 포대기를 품에 안고 있었다. 그녀는 추운 듯 이불을 끌어당겨 아랫입술까지 덮었다. 그리고 포대기 안에 새근거리는 아이를 바라봤다. 갓난아이의 새카만 머리카락이 방금 물속에서 건진 것처럼 이마에 엉기정기 붙어 있었다. 이목구비가 아버지인 나 왕을 꼭 닮은 아이였다.

왕비는 겨우 제 아랫팔뚝만한 갓난아이가 쇠몽둥이처럼

무겁게 느껴졌다. 포대기 아래를 받친 오른팔이 뻐근했다. 시녀를 시켜 아이를 치우라고 말하고 싶지만 그럴 수 없었다. 나 왕이 발치에 서서 내려다보고 있었기 때문이다.

그의 상의는 벗다가 말았거나 벗었다가 반만 입었거나 둘 중 하나로 보였다. 왼쪽 어깨와 젖꼭지를 드러내 놓은 나 왕은 거나하게 술에 취한 채로 그렇게 서 있었다.

왕은 술을 더 가져오라는 말투로 아이의 이름을 지었다.

"부광이라 하라."

부광은 며칠 전에 치른 전쟁에서 정(酊) 나라에게 빼앗긴 땅 이름이었다.

나 왕은 터덜터덜 왕비에게 다가갔다. 그리고 지친 안색으로 누워 있는 그녀의 젖가슴을 터뜨릴 듯 쥐었다. 왕비는 '읍' 하는 소리로 나가려는 숨을 막고 부어 있는 얼굴에 주름이 잡히도록 얼굴을 찡그렸다. 양 볼이 빨갛다 못해 검게 변하는 듯했다. 그러나 왕은 아랑곳하지 않고 차분한 어조로 말했다.

"이 아이는 말이야. 내 영토를 회복하는 왕자가 되어야 해… 그러니 왕비가 신경을 많이 써서 잘 키워보라."

왕비는 목젖을 몇 번 들썩이고 떨리는 목소리로 대답했다.

"받들겠습니다…."

나 왕이 손아귀에 힘을 풀자 손바닥에 노르스름한 초유가

흥건히 묻어나왔다. 그는 묻은 것을 시녀의 어깨에 닦고 방에
서 나갔다.

3

　　　　　　　　　나는 팔십일 년 만에 어머니의
배 밖으로 나왔다. 날 때부터 머리카락은 하얗게 세었고 얼굴
은 오래 전에 아무렇게나 던져넣었던 장롱의 옷처럼 자글자
글한 주름으로 가득했다.

　옅은 회갈색 탯줄이 어머니와 아직 이어져 있을 때 나는
홍구 아줌마의 두 손 위에 올려졌다. 나는 잠시 주변을 두리
번거리다 아줌마와 눈을 마주쳤다. 이때 내 입술을 뚫고 나온
첫마디는 "홍구?"였다. 홍구 아줌마는 놀라움과 두려움에 귀
신이라도 본 표정을 지으며 손을 바들바들 떨었다.

이빨도 없고 발성 기관이 완성되지 않았기 때문에 정확한 발음은 못했지만 나는 태어나면서부터 '배고파', '먹어', '홍구', '미안해', '아니야' 같은 쉬운 단어는 말할 수 있었다. 뱃속에 팔십일 년 동안 있으면서 어머니가 자주 쓰는 단어를 자연스럽게 익혔기 때문이었다.

나는 막 알을 깨고 나온 새끼 새처럼 눈을 처음 마주친 아줌마에게 각인돼, 아줌마의 품을 향해 팔과 다리를 버둥거렸다. 아니, 어쩌면 각인된 사람은 내가 아니라 홍구 아줌마였다. 전쟁과 흉년 탓에 그릇을 사는 사람이 없었고 풀죽이라도 끓여 먹으려 해도 산에 먹을 수 있는 풀이 남지 않았다. 게다가 갓 태어난 나는 젖을 먹어야 해서 어렵게 캔 나물이나 잡은 물고기를 젖동냥 대가로 줘야만 했다. 내가 태어나고 불과 이삼 개월 만에 배와 허벅지에 토실토실하게 숨겨두었던 홍구 아줌마의 비상식량은 모두 동이 났다. 아줌마는 뼈만 남아서 그냥 서 있는 것도 힘들어 보였다.

가끔 홍구 아줌마는 나를 다른 아줌마에게 맡기고 어딘가를 다녀왔다. 홍구 아줌마가 나를 버리고 가는 줄 알고 '아니야!'를 외치며 고개를 가로저으면 홍구 아줌마는 "괜찮아, 금방 다녀올게. 찌찌 많이 먹고 있어."하고 후다닥 방문을 닫고 나가버렸다. 울먹거리는 내 입에 거칠게 젖을 물린 아줌마와 주변의 아줌마들은 아무런 이유도 없이 나의 어머니에게 욕을 했던 사람들이었다. 그녀들은 내가 아무것도 모르는 줄 알았다. 상냥한 척 나긋나긋 한 목소리로 "어머머, 어쩜 머리카락이 하얀 색이니?" 하면서 내 머리를 쓰다듬었다. 그러면 나는 신경질적으로 젖을 빨았다.

홍구 아줌마가 그렇게 어딘가를 다녀온 날 저녁에는 말간 소고기 죽을 끓여 날 먹였다. 그 아줌마의 묽고 텁텁한 모유보다는 훨씬 맛이 좋아서 떠먹여 주는 대로 받아먹었다. 그러던 어느 날은 홍구 아줌마가 몹시 지쳐 보였다. 눈알 뒤가 텅 비어 있는 것처럼 초점이 없었고, 얼굴빛은 별이 죽은 밤하늘처럼 어두웠다. 나는 아줌마 손에서 숟가락을 빼앗아 "홍구 먹어." 하며 고기 죽이 담긴 숟가락을 아줌마를 향해 뻗었다. 홍구 아줌마가 갑자기 고개를 떨어뜨렸다. 그리고 웃는 건지 우는 건지 알 수 없는 이상한 소리를 내며 나를 끌어당겨 안았다.

여덟 살 무렵이었다. 또래 아이들보다 체구가 조금 작고 머리카락이 하얀색인 점을 제외하면 나는 호기심 많고 놀기 좋아하는 평범한 사내아이였다.

내가 이상한 아이가 된 것은 어느 여름날 이상한 꿈을 꾼 다음부터였다. 꿈이 아닐지도 모른다. 깬 후에도 온몸이 축축했고 은은하게 양수 냄새가 났으니 말이다.

나는 우주에 둥실둥실 떠 있었다. 그곳에는 시간이 없어서 얼마나 오랫동안 있었는지 모르겠다. 오로라처럼 펄럭이는 불투명 막 안에 웅크린 자세로 어쩌다가 한 번씩 손가락과 발가락만 꼼지락거렸다. 배꼽에서 시작된 긴 줄이 우주의 어느 곳에 이어져 있었고, 척추와 두개골과 만나는 고리뒤통수 관절에 갈대 줄기 굵기의 줄이 하나 더 우주의 어느 곳과 연결돼 있었다.

가만히 떠 있는 내게 누군가가 다가왔다. 뭉툭한 엄지손가락 안쪽에 단단한 군은살이 박혀 있는데 전체적으로 부드럽고 따뜻한 여성의 손이었다. 그녀의 손이 내 볼을 쓰다듬었다. 그 손은 볼에서 눈썹, 이마, 정수리까지를 한 번에 지나쳐 뒤통수에 있는 줄에 이르렀다. 그리고 실로 묶은 배냇니를 뽑듯이 갑자기 줄을 확 잡아당겨 줄을 뽑아버렸다. 순식간에 밀려온 통증에 놀라서 헙― 하고 양수를 들이마시며 눈을 떴다.

새벽이었다. 몸을 일으키자 창으로 새어든 달빛에 입을 벌리고 잠자는 홍구 아줌마가 보였다.

꿈이 너무도 생생해서 나는 오른손을 들어 찬찬히 뒤통수를 어루만졌다. 아닌 게 아니라 정말로 구멍이 나 있었다. 귓구멍만 한 크기인데 원래 있었는지 방금 생긴 것인지 알 수 없었다. 문득 무서운 마음이 들면서 눈물이 났다. 나는 울먹이며 아줌마를 흔들어 깨웠다.

"아줌마, 아줌마. 일어나 봐요. 나 뒤에 구멍이 났어요."

"자다가 무슨 소리야….""

"여기 만져 봐요. 정말이에요."

내가 느닷없이 울먹이자 아줌마는 실눈을 뜨고 손을 뻗어 내 뒤통수를 어루만졌다.

"괜찮아, 괜찮아. 아무렇지도 않아."

홍구 아줌마는 손끝에 힘을 줘서 내 머리통을 품속으로 끌어당겼다.

그러고부터 나는 이따금 알 수 없는 목소리를 들었다. 마치 누군가 내 뒤통수에 입을 대고 웅얼웅얼 알아들을 수 없는 말을 하는 것 같았다. '누구지?'하고 재빨리 뒤를 돌아봐도 항상 주변에는 아무도 없었다. 그러던 어느 날, 뜻밖의 장소에서 목소리의 주인이 나타났다.

홍구 아줌마를 따라 나장에 간 날이었다. 그날은 햇볕이 유

난히 따가웠다. 나는 손등으로 눈을 가리고 그늘을 찾아다녔
다. 그런데 시장 안에 그늘이라고는 소를 도살하고, 그 사체
를 끊어 파는 푸줏간 한 곳뿐이었다. 나는 평소에 그 푸줏간
을 피해서 다른 길로 다녔었다. 주인아저씨는 큰 동물을 죽이
는 사람이라서 그런지 인상도 무서웠고 말투도 거칠었다. 더
구나 아저씨는 나를 보면 소의 하얀 고환이 생각난다며 툭하
면 소불알이라고 불렀다. 성질이 고약한 아저씨 때문에 동네
아이들이 나를 소불알이라며 놀려서 울기도 여러 번 울었다.
그렇지만 그날의 더위는 그 사실을 잠시 망각하게 했다. 뙤약
볕을 피해서 크고 작은 도끼들이 걸려 있는 외양간 처마 밑
에 쪼그려 앉았을 때 또렷한 말소리가 내 뒤통수를 때렸다.

"잘 지냈소?"

사람이 너무 놀라면 몸이 제멋대로 움직이는 법이다. 나는
채찍이라도 맞은 사람처럼 "악!" 소리 지르며 고꾸라졌다. 그
모습에 사람들은 역시 노파의 아들이라며 웃어대고 맞은편
에서 그릇을 팔던 홍구 아줌마는 놀란 눈으로 달려와 손바닥
으로 내 얼굴에 묻은 흙을 털었다. 다시 한번 그 선명한 목소
리가 들려왔다.

"놀라지 마소. 나는 지금 누렁소의 뱃속에 있소."

차분한 여자의 목소리였다. 뒤돌아보니 여자의 말대로 외

양간 안에 배가 볼록한 암소 한 마리가 있었다. 나는 용기를 내어 암소에게 다가갔다. 때마침 성질 고약한 푸줏간 주인이 다가왔다.

"소불알 왔냐? 너 이 녀석 때문에 놀라 나자빠졌구나? 이 녀석이 원래는 순한 놈이었는데 말이야, 배에 혹이 생기고 아주 예민해졌어."

"아니에요, 아저씨. 혹이 아니라 송아지가 있는 거예요."

그는 양 팔꿈치를 나무틀에 기대며 입술을 삐쭉거렸다.

"송아지면 얼마나 좋겠냐. 그런데 이 녀석은 수소를 만난 적이 없거든. 그럴 수가 없어. 에이, 병 든 쇠고기는 공짜로 줘도 안 가져가는데 말이야. 너 이 녀석 뒷발에 차여 죽기 싫거든 다른 데 가서 놀아라."

아저씨의 손이 앞뒤로 왔다갔다하는 것을 보고 있을 때 여자 목소리가 다시 들렸다.

"내일이면 이 암소는 도살될 것이오. 그러니 그대가 오늘 밤에 나를 찾아 이곳으로 다시 오시오."

여자 말에는 거역할 수 없는 어떤 힘이 있었다.

나는 늦은 밤까지 기다렸다가 다시 푸줏간으로 갔다. 도착했을 때 송아지는 이미 배 밖으로 나와 있었다.

"시간이 많이 없소. 어서 나를 데리고 가시오."

나는 무언가에 홀린 사람처럼 외양간으로 들어가 송아지를 안고 나왔다. 송아지는 너무 작아서 차라리 강아지 같았다.

송아지를 데리고 온 걸 홍구 아줌마가 알면 왠지 혼날 것 같았다. 그래서 내가 태어난 집으로 송아지를 데리고 갔다. 그곳은 아무도 찾아오지 않아서 송아지가 지내기에 알맞았다. 방에 들어와 촛불에 비춰보니 송아지는 눈의 흰자위를 제외하고 완전히 새카맸다. 송아지가 내게 말하는 것처럼 나도 마음속으로 송아지에게 말을 걸어봤다.

"너는 이름이 뭐니?"

그러자 송아지가 고개를 들어서 나와 눈을 마주쳤다. 그리고 다시 앞발에 묻은 누런색의 미끌미끌한 점액을 핥으며 무심하게 대답했다.

"나는 이름이 없소."

동물과 대화하는 것보다 특별하고 멋진 일은 또 없을 것이다. 송아지의 대답을 들은 나는 설레는 마음에 이름을 지어주고 싶었다.

"그러면 내가 이름을 지어줄게. 순실이 어때?"

'순실이'라는 이름은 당시 동네 계집아이가 가지고 놀던

지푸라기 인형의 이름이었는데 왜 갑자기 그 이름이 떠오른 건지 나도 모르겠다. 내 말을 들은 송아지는 어이가 없다는 듯 바람 빠지는 소리를 냈다.

"허, 순실이라니. 나를 이름 지어 부르려 하지 마시오. 필요하다면 그냥 '소'라고 부르시오. 나는 이름이 필요하지 않소."

나와 소 사이에 벽돌 같은 침묵이 쌓였다. 소는 앞다리부터 뒷다리까지 꼼꼼히 핥고, 볼록하게 솟아 있는 배의 검정색 털을 아래 방향으로 가지런히 정리하고 나서야 고개를 들어 나와 눈을 마주쳤다.

"그대는 내가 왜 왔는지 궁금하지 않소?"

나는 대답하지 않고 잠시 소를 관찰했다. 소는 얼굴 근육을 조금도 움직이지 않으면서 귀에 대고 말하는 것처럼 큰 목소리로 말했다. 그 모습이 무척 낯설게 느껴졌다.

"소야, 그런데 너는 누구야?"

나는 습관적으로 입으로 소리 내서 말했다. 그런데도 소는 곧장 알아듣고 마음으로 대답했다.

"지금부터 내가 누구인지, 그대가 누구인지에 대해서 긴 이야기를 할 것이니 잘 들으소."

2부

인연을 맺었고

1

달이 가득 차오른 어느 날. 동변대륙에서 가장 작은 나라 유수국(流水國)의 광장이 붐볐다. 선생에게 질문하려고 모인 사람들이었다.

하지만 한 청년은 다른 의도가 있는 듯했다. 그는 선생과 멀리 떨어진 변두리에서 주변을 두리번거렸다. 그의 이름은 지돈이었고 사회적으로 어떤 지위를 가진 사람 이름 뒤에 '씨'를 붙여서 지돈 씨로 불렸다. 그가 또래로 보이는 남자에게 다가가 물었다.

"저분이 여왕님인가요?"

"이번에 촌장 댁에 장가오신 분이군요. 나 나라에서 오신 지 얼마 안 돼 아직 잘 모르시나 봅니다. 오늘은 여왕님이 아니라 선생님이라고 불러야 해요. 한 달에 한 번 보름달이 뜨는 날에 선생으로 돌아오셔서 만월선생이라고도 부르죠."

지돈 씨는 다소 과장되게 고개를 주억거렸다.

"오, 선생은 역사서에서나 봤는데요. 그런데 왜 한 달에 한 번이죠?"

"질문을 듣는 일 외에도 하는 일이 많이 생겨서 그래요. 먼 옛날에 선생들은 매일 계셨대요. 그렇지만 지금은 그럴 수 없어요. 다른 나라에 왕들이 땅과 곡식을 빼앗고 싶어서 안달이 나 있거든요."

지돈 씨는 가까운 돌담에 손을 뻗어 그에게 같이 앉기를 청했다.

"우리 여기에 앉아서 편하게 얘기하죠."

지돈 씨가 먼저 앉아서 제 옆자리를 손바닥으로 툭툭 쳤다. 그가 자리에 앉자 지돈 씨는 그를 향해 몸을 틀어 앉았다. 돌담에 반도 걸쳐지지 않은 엉덩이가 떨어질 듯 아슬아슬했다. 지돈 씨가 그에게 말했다.

"선생이면서 나라도 지키려니 여왕은 바쁘겠네요. 밭일까지 한다면서요?"

"그렇죠? 그럼 나 나라의 왕은 밭일을 안 하나요?"

남자는 의아한 듯 갸우뚱 고개를 꺾었다.

"왕은 밭일 같은 거 하지 않아요. 왜냐면 왕은…."

지돈 씨는 주변을 한 번 둘러보고 비밀스럽게 속삭였다.

"신이니까요."

남자의 동공이 커졌다.

"신? 기도를 들어주시는 그 신이요?"

"맞아요. 왕은 인간이 아니에요. 신이 인간의 모습으로 내려오신 거예요."

지돈 씨는 점점 큰 목소리로 말했다. 그의 말에 호기심이 생긴 사람들이 하나 둘 모여들었다. 이십여 명의 사람이 지돈 씨 앞으로 둥글게 모여 앉았을 때 그는 답답하다는 듯 고개를 바닥으로 떨구며 탄식했다.

"여러분은 연못에 사는 물고기처럼 정말 아무것도 모르네요. 유수국은 곡식이 풍부해서 가축도 키우면서 잘살 수 있는데 그 방법을 모르는 것 같아 참 안타깝습니다. 우리 유수국에 정말 필요한 것은 묻는 것에 대답이나 해주는 여자가 아니라 우리를 이끌어줄 왕이고, 그를 도울 수 있는 신하예요."

만월선생이 여성인 것은 맞지만 굳이 '대답이나 해주는 여자'라고 표현한 것은 분명히 만월선생을 낮잡아 이르는 말이었다. 그의 말씨에 불편함을 느낀 사람들은 자리에서 일어나 돌아갔고 신선함이나 재미를 느낀 사람은 살짝 웃어넘기고 지돈 씨의 다음 말을 기다렸다.

"나는 평생 공부만 해서 괭이질 같은 건 한 번도 해본 적이 없어요. 만일 여러분이 나 나라에서 태어났다면 저처럼 살 수 있는 사람이 여기에도 분명히 있을 거예요. 그런데 여러분 모두가 종일 밭에서 일만 하고 있지요? 보세요, 저 같은 지식인이 단 한 명도 없잖아요. 이것은 여왕이 크게 잘못하고 있는 거예요."

지돈 씨는 둘러앉은 한 명, 한 명과 눈을 마주쳤다. 마치 이제 막 개간을 시작한 땅에 단단한 씨앗을 깊숙하게 박아 넣듯이.

"내가 있던 나 나라에는 거인이 살아요. 세상에서 가장 강력한 거인이에요. 왕은 생각하는 머리고 신하는 눈과 귀. 귀족은 나라를 이끄는 몸통. 군대는 나라를 지키는 팔. 농민은 나라를 지탱하는 다리. 그런데 만월선생은 뭐고 촌장들은 뭐죠? 이대로라면 우리 유수국은 다른 나라에게 먹히고 말 겁니다."

사람들은 고개를 끄덕였고 몇몇은 손뼉을 치며 만월선생을 만나러 가자고 지돈 씨의 팔목을 잡아끌었다.

2

숲속에 목재 건물 한 채가 서 있었다. 시간 위에 쌓인 이끼와 목재의 거뭇거뭇한 색이 마치 살아 있는 한 그루의 나무처럼 보이게 했다. 그곳은 유수국의 여왕이 사는 집이었다. 여왕은 그곳에서 세 사람과 함께 살았다. 선생의 가르침을 받는 제자 한 명과 쌍둥이 아들이었다.

쌍둥이는 물에 비친 한 사람처럼 똑같이 생겼다. 하는 행동이나 생각까지도 비슷했다. 그래서 두 사람 중에서 형은 늘 검은 옷만 입었고 동생은 흰 옷만 입었다. 옷 색깔로 구별한 것이다. 여왕은 '쌍둥이'에서 '쌍'을 떼어내고 '검'과 '흰'을 넣어, 검둥이 그리고 흰둥이라고 불렀다.

늙은 은행나무 아래 정자에서 여왕은 쌍둥이 아들과 대화를 나누는 중이었다. 이때 그녀의 제자가 가벼운 발소리를 내며 올라왔다. 제자는 새하얀 피부에 눈은 크고 또렷했고 얇은 옷 위로는 조금은 야위어 보이는 어깨선이 드러났다. 그녀를 보는 것만으로도 사내들의 심장 한구석에 정전기가 일어날 만큼 아름다운 미모였다. 제자와 함께 자란 쌍둥이 형제는 나이가 들수록 그녀를 대하는 것이 점점 불편하다고 느꼈다. 여왕은 그 이유를 알고 세 사람의 동행을 재미있다는 듯 지켜보고 있었다.

제자가 정자 위로 올라와 섰을 때 쌍둥이의 시선이 마치 한 발의 화살처럼 그녀에게로 쏘아졌다. 제자가 말했다.

"지돈 씨가 여왕님 뵙기를 간구합니다."

아름다운 그녀에게 독특한 한 가지가 있다면 일반적이지 않은 단어만 골라서 짧은 문장으로 말한다는 것이다. 문제는 단어를 틀리게 조합해서 말이 안 되거나 전달하고자 하는 의미에서 벗어난 경우가 종종 있다는 점이다.

한 번은 여왕이 침소 앞에 서 있는 제자에게 검둥이가 뭐하고 있느냐고 물었다. 제자는 "사명한다." 단 한마디 하고 더이상 입을 열지 않았다. '사명한다'가 무슨 뜻인지 물어도 알려주지 않은 제자 때문에 쌍둥이 형제는 그날 서고에서 밤을 새워야 했다. 같은 음에 여러 뜻이 있지만 짐작건대 그녀는 '여왕의 부탁을 기다리고 있다'는 말을 하고 싶었던 것 같다. 사명한다는 나라 또는 신의 명령을 기다린다는 뜻으로, 빨랫감 챙겨갈 때 쓰는 표현으로는 지나치게 과하다는 것을 그녀는 알지 못하는 듯했다.

"올라오라고 하세요."

여왕의 허락에 지돈 씨가 정자 위로 올라왔다. 지돈 씨는 고급스러운 은색 옷을 입고 머리카락 한 올 삐져나오지 않은 깔끔한 모습이었지만 어쩐지 옹졸한 인상을 풍겼다.

"미천한 자가 여왕님을 뵙습니다."

"편히 앉으세요. 지돈 씨께서 무슨 일로 저를 찾아오셨죠?"

"유수국으로 이주해 온 지 벌써 삼 개월이 되어가는데 아직 여왕님께 인사조차 제대로 드리지 못한 것 같아 이렇게 찾아왔습니다. 이것은 저의 작은 성의입니다."

지돈 씨는 손에 들고 있던 은빛 비단 보자기를 여왕에게 건넸다. 보자기 겉으로 작고 네모난 나무상자 모양이 드러났다. 검둥이가 일어나서 지돈 씨의 보자기를 여왕에게 대신 전달했다. 여왕은 보자기를 받아 무표정한 얼굴로 매듭을 풀었다. 비단의 매듭은 작은 힘에도 스르륵 부드럽게 풀렸다. 상자에서 짙은 편백나무 향이 올라왔다.

상자 안에는 목걸이가 하나 들어 있었다. 목줄은 금줄을 엮어 만들어졌고 목걸이의 한가운데는 엄지만 한 검정색 보석이 박혀 있었다. 정교하게 다듬어진 봉황 모양은 유수국의 기술로는 흉내도 낼 수 없는 수준이었다. 검은 보석은 반짝이지 않았고 오히려 빛을 빨아들이듯 주변을 어둡게 만들었다.

여왕의 시선이 오래도록 보석에 멈춘 것을 본 지돈 씨는 새어 나오는 미소를 숨기려고 수염을 쓸어내리며 말했다.

"목걸이 가운데 있는 것은 도모라고 하는 아주 귀한 보석입니다. 존엄을 상징하지요. 여왕님께 잘 어울리는 보석이라고 생각해서 특별히 준비했습니다."

옆에서 지켜보던 쌍둥이도 크고 아름다운 보석에 넋나간 얼굴이었다. 지돈 씨가 그런 쌍둥이에게 호기롭게 말했다.

"사람을 시켜 보석을 더 구했으니 다음에는 두 왕자님께 도모 단검을 선물해 드리겠습니다. 하하하."

흰둥이가 슬쩍 어머니의 눈치를 살피며 지돈 씨에게 말했다.

"지돈 씨, 아직 만들기를 시작하지 않았다면 내 것은 단검 말고 반지로 부탁하네. 용 모양으로…."

탁! 나무상자가 닫혔다.

"아닙니다. 선물하지 않으셔도 돼요."

쌍둥이와 지돈 씨는 그 소리에 놀라 눈가에 주름이 잡히도록 세게 눈을 감았다. 지돈 씨가 여왕을 달래듯 말했다.

"여왕님, 보석은 이미 준비해두었습니다. 듣기에 두 왕자님을 양자로 들이시고 지금까지 변변한 선물 하나 못 해주셨다던…."

지돈 씨는 순간 자신의 말실수를 알아차리고 당황해서 말끝을 흐렸다.

"쌍둥이가 지돈 씨에게 선물을 받을 만한 이유가 없어서 그렇습니다. 저 역시 이 선물을 받을 이유가 없습니다. 지돈 씨가 우리 유수국에 온 것은 진심으로 환영합니다. 인사는 이것으로 충분할 듯합니다."

여왕의 목소리는 칼바람처럼 차가웠다. 여왕은 비단 보자기를 다시 매듭으로 묶어 검둥이를 통해 되돌려 줬다. 지돈 씨는 미간을 구긴 채 꾸벅 인사를 하고 정자를 내려갔다.

지돈 씨가 나가고 쌍둥이는 여왕의 눈치를 살폈다. 선생은 혼인하지 않기에 쌍둥이를 양자로 들인 것에 숨김이 없으나 여왕의 심기를 불편하게 한 건 아닐지 걱정된 것이다. 여왕이 먼저 입을 열었다.

"너희는 지돈 씨의 선물을 돌려보낸 이유가 그의 말 때문이라고 생각하느냐?"

쌍둥이는 차마 대답하지 못하고 망설였다. 그렇게 생각했기 때문이다.

"내 눈엔 그 보석이 아름답지 않더구나. 그래서 돌려보냈다. 내 스승이신 선대 선생께서는 이미 아름다운 보석을 내게 물려주셨단다. 그것은 거무튀튀한 돌멩이가 아닌 기름진 흙이다. 내 눈에 지돈 씨의 보석은 너무 보잘것없더구나."

흰둥이는 분위기를 바꿔보려고 어머니다운 말씀이네요 하면서 서먹하게 웃었다. 검둥이도 그에 맞춰 고개를 끄덕였다.

여왕이 작게 미소 지으며 말했다.

"아들들아, 내일이 행사이니 이제 내려가서 준비하고 이씨에게 가서 나를 찾아오라 전해라."

여왕의 부름으로 이씨가 곧 도착했다. 그는 남루한 곤색 도포 차림에 머리카락과 수염이 물 빠진 듯한 회색이었지만 크고 짙은 눈매와 당당한 걸음으로 초라함 따위는 풍기지 않았다.

"이씨, 오랜만이네요. 건강은 좋아지셨나요?"

"여왕님께서 휴식을 취할 수 있도록 챙겨주신 덕분에 모두 나았습니다."

"정말 다행입니다. 오늘은 물어볼 것이 있어 불렀습니다."

"네, 하문하십시오."

이씨는 잘 여문 쌀을 품은 벼처럼 여왕을 향해 고개를 숙였다. 여왕은 이씨에게 맞은편 의자를 권하고 숨을 한 번 깊게 들이마신 후 말을 시작했다.

"도모라는 보석 아시지요? 칠흑처럼 검은."

"네, 알지요. 빙하 아래서 드물게 나오는 보석이지 않습니까."

여왕은 기억을 더듬는 듯 텅 빈 벽으로 시선을 던지고 습관처럼 탁상에 검지를 문질렀다.

"도모는 국새로 만들 만큼 귀하고 드문 보석입니다. 과거에는 도모 장식이 있는 활 한 자루 때문에 시작된 전쟁으로 수백 명이 목숨을 잃은 일도 있었어요. 그런데 이 나라 촌장의 사위 정도 되는 인물이 그 귀한 도모를 원하는 만큼 살 수 있다, 이것이 가능하겠습니까? 게다가 저에게 가져온 장식은 흔한 숙련공의 솜씨가 아니었습니다."

"그자가 누구인지 알려주시겠습니까?"

"몇 개월 전에 나 나라에서 온 지돈 씨입니다."

이씨는 입을 다물고 코로 낮은 소리를 냈다.

"음, 촌장의 사위로 온 그 친구 말씀이시군요. 몇 해 전부터 우리 유수국에도 빙하의 얼음이 거래되었고 따라서 빙하민족의 왕래가 잦아졌습니다. 지돈 씨가 있는 그 지방 장터에서도 빙하민족과 거래가 활발해진 것으로 압니다. 그자에게 도모를 살 수 있는 특별한 인맥이 있지 않겠습니까?"

"그럴 수도 있겠지만 느낌이 좋지가 않습니다. 그대가 지돈 씨와 도모에 대해서 알아봐 주세요."

"네, 여왕님. 너무 염려하지 마십시오."

이씨가 돌아가고 혼자 남은 만월선생은 빈 잔에 녹차를 따랐다. 하얀 김이 올라오는 찻잔 안에서 검정 부유물이 부산하게 소용돌이치다가 이내 가라앉았다.

문득 옛 기억이 떠올랐다. 어린 시절 스승에게 한 질문이었다.

"선생님, 사람의 마음 그릇은 얼마나 큰가요?"

"우주만큼 크지."

"무얼 담으려고 그렇게 큰 거예요?"

"다른 우주를 담으려고 그렇게 크지."

"아, 그러면 사람 마음은 뭐든지 담을 수 있겠네요?"

"그럼, 무엇이든 담을 수 있지. 다만 한 가지, 욕심은 끊임없이 솟아오르는 우물 같아서 결국 사람의 마음 밖으로 흘러넘친단다."

3

　　　　　　모든 사람이 선생이었던 어느
때였다. 어느 선생이 나뭇가지 사이에서 하얀 누에고치 하나
를 떼어냈다. 그것은 이제껏 느껴본 적 없던 기분 좋은 질감
으로, 목련꽃 봉오리처럼 보송보송했지만 더 크고 아름다웠
다. 이때 그의 마음속 깊은 우물에서 욕심이 솟고라졌다. 그
는 누에고치에게서 실을 빼앗기로 했다. 그는 자신의 행동이
어떤 결과를 가져올지 몰랐다. 그가 누에고치에서 얇고 하얀
실을 모두 뽑아냈을 때 마주한 것은 탈바꿈을 준비하던 누에
나방 번데기가 아니라 왕이었다. 왕이 그렇게 깨어났다.

왕은 실을 이용해서 결코 갈라놓을 수 없는 땅과 바다, 강을 나누었고, 활을 만들어 선생과 동물을 죽였다. 올가미로 동물을 잡는 것도 모자라 끊어지지 않는 줄을 만들어 동물의 목에 묶고 자신을 위해 살게 했다. 왕은 사람의 말소리는 듣지 않으면서 현악기 소리는 아름답다며 즐겨 들었다. 반짝이는 돌멩이와 맹수의 이빨을 한 줄에 엮어 목에 걸고는 아름다운 것이라 했다. 목걸이가 없으면 아름답지 않다고 했고, 아름답지 않은 것은 추하다고 했다.

동변대륙에 돌림병처럼 왕이 창궐했다. 왕들은 서로 넓은 땅을 차지하기 위해 전쟁을 벌였다. 동변대륙에 흩어져 살던 수백 개의 부족은 왕들의 영토 전쟁으로 연잎 위 물방울처럼 흩어지고 뭉치길 반복했다.

전쟁을 반대하던 선생들은 왕에게 죽거나 쫓겨났다. 선생의 가르침을 잇는 사람도 자연스레 사라졌다. 만월선생이 동변대륙에 마지막 남은 선생이었다. 전해 내려오는 말 중에 선생은 '내생(來生)의 삶을 스스로 선택할 수 있다'는 이야기가 있다. 선생의 헌신이 저승에까지 쌓일 만큼 크다는 뜻이었다. 만월선생은 꼭 그 구전의 의미처럼 몹시 힘들어했다. 유수국을 집어삼키려 하루에도 몇 번씩 성문을 두드리는 주변국 때문에 죽을 삼키지 못했고(대대로 선생은 죽 외에 다른 음식을 먹지 않는다), 잠들 수도 없었다. 정신이 혼미해질 만큼 강한 두통을 하루에도 몇 번씩 느꼈고, 이틀에 한 번씩 이유도 없이 구역질을 했다.

　이씨가 돌아왔을 때 만월선생은 쓰러지지 않으려 간신히 버티고 있었다.

4

여왕이 지돈 씨와 도모에 대한 조사를 맡긴 지 삼 년이 지나서 이씨가 돌아왔다. 이씨는 제자의 뒤를 따라 걷다가 여왕의 앞에 멈춰 서서 고개를 깊이 숙였다.

"어서 들어오세요. 꽤 오래 걸리셨군요. 무슨 문제가 생긴 것 아닌가 걱정했습니다."

"걱정을 끼쳐서 죄송합니다. 생각보다 문제가 커 보여서 빙하에 직접 다녀왔습니다."

"정말 고생 많으셨습니다. 알아낸 것이 있으십니까?"

여왕은 왠지 마음이 급해져서 곧장 본론부터 물었다.

"네, 과거에는 도모를 캐낸 양이 일 년에 고작 주먹 하나만 큼이었다고 합니다. 그만큼 구하기 어려운 광물이었지요. 그런데 십수 년 전 빙하 아래에서 거대한 도모 광상(鑛床)이 발견됐고, 지금은 도모로 산을 쌓을 수 있을 만큼 많은 양을 가지고 있다고 합니다. 그런데 그 광상이 얼마나 큰지 지금까지 캔 것은 겨우 새끼발톱의 때만큼도 안 된다고 합니다. 현재 빙하민족은 도모의 가치가 떨어질까, 그 가격을 조정한다는 소문도 있습니다."

"그 소문에 신빙성이 있어 보이는군요. 하지만 도모의 가치가 어떻게 될지는 중요하지 않습니다. 그들의 욕심이 발현되면 세상에 어떤 영향을 미칠지가 중요하지요. 아직 알 수 없지만, 왠지 큰일이 벌어질 것 같네요."

"그렇다면 제가 조금 더 알아보겠습니다."

"그래요. 결과가 있으면 알려주세요."

여왕은 이씨가 정자를 내려가는 뒷모습을 보고 그가 여태껏 서 있었다는 것을 알아차렸다. 앉아서 차 한 잔 하라고 말하려 했지만 이미 그는 보이지 않았다.

"왜 이렇게 정신이 없지…."

여왕은 작게 혼잣말을 했다. 이때 제자가 다가와 여왕의 찻

잔에 더운 차를 따랐다.

"선생님께서 수마를 이루신 게 얼마나 오래된 지 셈할 수 없습니다."

여왕은 부드럽고 따듯한 목소리로 제자에게 말을 걸었다.

"아무래도 수마의 뜻을 다시 알아보는 게 좋을 것 같구나."

여왕의 말에 제자의 하얀 얼굴이 순식간에 복숭아빛으로 변했다.

"제자야, 네가 그렇듯 어렵게 말하는 까닭이 널 데리고 온 그날 일 때문인 것 같은데, 맞느냐? 혼내는 것이 아니니 고개를 들고 대답해 보거라."

제자는 작은 목소리로 네, 라고 대답했다. 여왕은 손을 뻗어 맞은편 자리에 앉으라 했다.

젊은 만월선생이 터덜터덜 힘없는 걸음으로 길을 지나는데 거리의 사람들이 그녀를 보고 놀란 눈으로 뒷걸음질 쳤다. 어떤 아이는 그녀의 모습에 울음을 터뜨렸고 어떤 사내는 비명을 지르며 도망쳤다. 젊은 만월선생은 그들이 왜 그러는 줄 알고 있었다. 그녀의 회색 두루마기는 온통 붉은 피로 얼룩진 채 딱딱하게 굳어 있었고 머리카락은 막 무덤에서 빠져나온 듯 산발이었다. 그녀는 세수만 간신히 해서 얼굴 부분만 사람의 모습을 하고 있었다. 아마도 사람들의 눈에는 젊은 만월선생이 꼭 귀신에게 몸을 빼앗긴 처녀 같았을 것이다. 그러나 젊은 만월선생은 몸도 마음도 지쳐서 그들의 반응에 조금도 개의치 않았다.

젊은 만월선생의 느린 발걸음이 어느 커다란 집 앞에서 멈춰 섰다. 돈이 아주 많거나 신분 높은 사람의 집 같았다. 높은 담벼락 위로 버드나무 서너 그루가 보였고 그 뒤로 황색 기와가 물고기의 비늘처럼 가지런히 쌓아져 햇볕을 반사하고 있었다. 부귀에 관심이 없던 그녀가 고개를 들어 그 집을 올려다본 이유는 한 노인의 성난 목소리가 담을 넘은 탓이었다. 노인의 말 전부를 알아듣긴 어려웠지만 버릇, 예의 같은 단어는 분명하게 들렸다. 노인이 아이를 훈계하는 것 같았다. 그녀는 그때까지도 별 관심이 없었다. 쉴 만한 장소를 얼른 찾고 싶은 마음뿐이었다.

젊은 만월선생이 대문 앞을 지날 때, 똑같이 생긴 남자아이 두 명이 뛰어나왔다. 하마터면 젊은 만월선생과 부딪힐 뻔했다. 두 남자아이가 팔 한쪽씩을 나눠 잡은 가운데는 여동생으로 보이는 여자아이가 딸려가고 있었다. 그때 건장한 청년이 따라 나오더니 세 아이를 쫓았다. 두 남자아이가 여자아이를 데리고 도망치는 중이었던 것 같았다. 청년은 날랜 걸음으로 이내 아이들을 붙잡았다. 그리고 남자아이들의 손에서 여자아이를 빼앗아 어깨에 멨다. 청년은 죄송합니다 도련님, 어쩔 수 없습니다, 라고 했다. 남자아이들이 여자아이를 빼앗으려 했지만 열두어 살 남짓 되는 아이들의 힘으로 청년을 이기기는 역부족이었다. 어깨 위의 여자아이는 핏기 없는 얼굴로 아랫입술을 깨문 채 두려움에 떨고 있었다.

젊은 만월선생은 그 상황에 호기심이 생겼다.

청년이 여자아이를 어깨에 메고 대문을 지나 집 안으로 들어가자 두 남자아이도 따라 들어갔다. 노인의 호통이 다시 시작됐다.

젊은 만월선생은 대문 뒤에 몸을 숨기고 노인의 호통을 들었다. 짐작건대 상황은 이러했다. 똑같이 생긴 두 남자아이는 노인의 손주였고, 청년은 노인의 제자였다. 그리고 여자아이는 노인의 회춘을 위해서 들여온 보양식이었다. 보양식은 노인의 표현이었고 이른바 윗방아기였다. 생식 능력을 다한 노인이 회춘하기 위해 초경을 하지 않은 여자아이와 동침하는 것을 말했다. 다시 노인의 목소리가 들렸다.

"잉어 같은 것이다. 몸이 허하면 달여 먹는 잉어! 할애비는 이 나라 왕자를 가르치는 스승이다. 내가 잘못된 일을 하겠느냐! 손주라는 놈들이 할애비를 이렇게 못 믿어서야 원!"

상황을 이해한 젊은 만월선생은 대문 밖에서 머리만 빼꼼히 들이밀어 그들을 살폈다. 노인의 제자라는 청년은 보이지 않았고 세 아이는 두 손을 모은 자세로 고개를 푹 숙이고 있었다. 뒷짐을 진 노인은 미간에 깊은 주름을 잡고 두 남자아이를 야단치고 있었다. 젊은 만월선생의 시선이 이들을 훑고 지나다가 여자아이의 손에서 멈췄다. 가지런히 모은 두 손이 바들바들 떨리고 있었다.

노인이 목에 핏대를 세우며 소리쳤다.

"죽은 어미를 닮아서 네놈들이 이토록 싹수가 없는 것이다. 가서 회초리를 가져오너라!"

이때 젊은 만월선생이 대문 안으로 들어섰다.

"그 아이의 몸을 더럽힌다고 지나간 젊음이 돌아오지는 않습니다. 도리어 복상사하시게 될 겁니다. 얼마 안 남은 명줄을 쓸데없이 버리지 마시고, 제게 그 아이를 주십시오."

노인은 그녀의 귀신 같은 모습에 흠칫했으나, 그보다 복상사로 죽게 될 것이라는 말에 화가 났다. 노인은 눈에 핏발을 세우며 소리쳤다.

"넌 뭐 하는 년이야? 사내도 아니고, 어디 계집년이 감히 어른 앞에서 버르장머리 없이 그따위 망발을 해!"

젊은 만월선생은 아주 천천히 아주 또박또박하게 말했다.

"저는 선생입니다."

그녀의 목소리에는 알 수 없는 힘이 실려 있어서 노인은 저도 모르게 허벅지에 힘이 들어갔다. 노인은 그녀의 말이 허풍이 아닐 수 있겠다는 생각에 불현듯 불안감이 밀려왔다. 단순히 목소리 때문만은 아니었다. 선생이 미래를 내다보고 귀신과 친하다는 설도 한몫했다. 그러고 보니 그녀의 모습이 정말 귀신 같았다. 노인은 그 설이 사실이라면 자신이 오래 전에 지은 죄까지 그녀가 모두 알 것 같았다. 노인은 애써 떨리는 기색을 숨기며 말했다.

"이, 이년아, 나도 왕자를 가르치는 선생이다!"

젊은 만월선생이 노인을 향해 무겁게 한발 다가서며 말했다.

"경고하건대 다시는 스스로를 선생이라 칭하지 마십시오. 당신에게 머리카락 한 올만큼이라도 선생의 자비심이 있었다면 적어도 종, 인종, 성별, 장애, 외모처럼 스스로 선택하지 않은 것에 대한 차별은 없어야 합니다. 당신과 조금도 다르지 않은 저 아이를 한낱 노리개로 삼겠다는 이기적인 발상이 당신에게 자비심이 없음을 증명하고 있습니다."

그 말에 노인은 오금이 저리면서 두 다리가 후들거렸다. 역시 젊은 만월선생이 자신의 죄를 낱낱이 알고 있는 것 같았다. 그러나 가만히 당할 수만은 없었다. 만일 이 일이 소문이라도 난다면 그동안 쌓은 명예를 모두 잃을 수도 있다. 노인은 젊은 만월선생의 얼굴을 향해 검지를 뻗으며 소리쳤다.

"나이도 어린 년이 뭘 안다고 까불어? 옛 성인이 이르기를 어른의 기침 소리에도 배울 것이 있다고 하였거늘! 어린 년이 어른을 존경할 생각은 안 하고 말이야! 어? 그리고 또, 옛 성인이 이르길…."

"성인들이 했던 말만 외워서 뭐 한답니까. 그들처럼 생각하지도 않을 거면서."

젊은 만월선생은 노인을 노려보며 한 발 더 가까이 다가섰다.

"당신, 지금껏 성인의 말을 훔쳐서 그 자리까지 올라갔지요? 그렇게 올라가서는 저 아이를 노리개로 쓰고자 했던 것처럼 자기 욕심을 채우기에 바빴지요? 다 알고 있습니다."

노인의 눈동자가 방향을 못 잡고 젊은 만월선생의 눈언저리를 떠돌더니 허공으로 던져졌다. 다리에 힘이 풀린 노인이 철퍼덕 자리에 주저앉았다. 흙바닥에 앉은 노인의 눈에 젊은 만월선생이 거인처럼 보였다.

젊은 만월선생은 더이상 노인을 몰아붙이지 않고 고개를

돌려 여자아이를 보고 말했다.

"이제부터 누군가가 네가 누구인지 묻거든 선생의 제자라고 하거라."

아이는 동그란 두 눈을 젊은 만월선생 얼굴에 고정하고 머리만 끄덕였다. 그때 똑같이 생긴 남자아이 중 한 명이 다가와 말했다.

"선생님, 저 아이는 말을 잃었어요. 의원이 겁을 너무 많이 집어먹어서 그렇대요."

젊은 만월선생은 여자아이에게 다가가 손을 잡았다. 손이 얼음처럼 차가웠다.

"이제 괜찮다, 괜찮아. 나와 함께 가자."

젊은 만월선생 말에 여자아이의 눈이 빨갛게 달아오르더니 뜨거운 눈물을 뚝뚝 떨어뜨렸다. 젊은 만월선생은 고개를 돌려 똑같이 생긴 두 남자아이를 향해 말했다.

"맑은 영혼을 가졌구나. 너희도 나와 함께 가자."

두 남자아이도 여자아이처럼 젊은 만월선생 얼굴에 시선을 고정하고 머리만 끄덕였다.

"저는 그때 선생님의 그 어려운 말이 저를 구했다고 생각했습니다. 그래서 선생님을 닮고 싶어서 그래서….”

여왕은 손을 뻗어 제자의 손등 위에 올렸다. 제자의 손이 예전보다 따뜻해진 것을 느끼고 여왕이 부드럽게 웃었다.

“제자야, 중요한 것은 말이 아니라 진심이란다. 진심을 잘 전달하기 위해서는 어려운 말보다 쉬운 말이 더 좋겠지?”

제자는 처음 만난 그날처럼 동그란 눈을 만월선생의 얼굴에 고정하고 머리만 끄덕였다.

“그러면 이제부터는 편한 말을 쓰거라.”

5

　　지독한 무더위에 나뭇잎들이 힘없이 늘어졌다. 한 해 중 가장 더운 날이었다.

　만월선생의 제자가 좁은 밭길을 잰걸음으로 지났다. 들고 있는 그릇 안에는 얼음이 한가득 들어 있었다. 밭에서 일하고 있는 여왕과 농부들을 위한 것이었다. 한여름에 얼음이라니, 예전 같으면 상상도 할 수 없는 사치였다. 이것은 유수국과 빙하민족의 거래가 활발해지며 가장 크게 달라진 부분이었다.

　제자가 오는 모습에 밭에 있던 사람들이 나무 그늘로 모였다. 농부들은 얼음을 보고 이제 살았다며 제자를 향해 손뼉을 쳤다. 얼음 하나씩을 입에 문 농부들은 누가 먼저랄 것도 없이 '아이고' 소리를 내며 그늘에 벌러덩 누웠다.

생각보다 많이 남은 얼음을 작은 그릇으로 옮겨 담으며 제자가 말했다.

"선생님, 얼음은 이곳에 두고 가겠습니다."

더위로 얼굴이 벌겋게 달아오른 여왕은 제자의 말에 고개만 끄덕이고 앉은자리에 드러누웠다.

낮잠은 더위를 피하는 좋은 방법 중 하나였다. 여왕과 농부들은 기절하듯 잠에 빠져들었다.

어린 만월선생은 스승의 손을 잡고 어느 왕의 행차를 보고 있었다. 대열을 이루는 수백 명은 모두 화려하게 치장된 장식을 달았고 다채로운 색의 의상을 입고 있었다. 어린 만월선생이 스승에게 물었다.

"선생님, 왕의 행차는 왜 저렇게 화려한 거예요?"

"스스로 빛을 낼 수 없으니까."

"선생님, 왜 저 사람을 선생이 아니라 왕이라고 불러요?"

"욕심으로 가득 찬 그릇이라서."

"욕심이 뭐예요?"

"깨진 잔을 가득 채우려는 마음."

햇볕이 나뭇잎 사이를 헤집고 내렸다. 여왕은 옷이 땀으로 축축하게 젖은 것을 느꼈다. 갈증이 났다. 여왕은 몸을 일으켜 마실 것을 찾았다. 눈에 들어온 것은 얼음이 들어 있던 그릇이었다. 그런데 쌓여 있던 얼음은 모두 사라지고 그릇 밖으로 물이 흘러넘쳐 있었다. 여왕은 그릇 아래로 물이 넘친 흔적과 물이 찰랑찰랑한 그릇을 잠시 지켜보았다. 여왕은 손을 들어 천천히 그릇으로 가져가서 손끝으로 그릇을 툭 건드렸다. 그러자 그릇 안의 물이 요동치며 그릇 밖으로 쏟아져 나왔다.

"아!"

몸에 있는 모든 구멍이 동시에 개방된 기분이었다. 잠시 현기증이 일어났고 세상의 모든 사물이 낯설게 보였다. 여왕은 혼잣말을 했다.

"빙하 밑에 도모가 있다. 빙하민족이 도모를 캐려 빙하를 깨고, 깨진 얼음은 녹아서 물이 된다. 바다가 넘친다. 그러면 땅 위에 사는 생물은 어떻게 되지?"

여왕은 단잠에 빠져 있던 농부를 흔들어 깨웠다. 부산스러운 손길에 놀라서 농부는 벌떡 일어났다. 여왕은 그녀에게 얼른 이씨와 두 아들을 불러오라고 했다.

이씨는 다시 빙하로 떠나고 없었다. 쌍둥이가 여왕의 앞에 도착했을 때 그녀의 양 뺨은 붉게 상기돼 있었다. 차분한 모습을 잃지 않던 여왕이 웬일인지 수선스럽게 그간의 일을 늘어놓았다.

"…그래서 우리는 준비해야 한다. 이 땅의 모든 생물이 죽게 될 거야."

검둥이가 물었다.

"어머니께서 대책이 있으신가요?"

"강과 바다가 흘러넘칠 것이야. 성만큼 큰 배를 만들어야 한다. 또 비와 파도를 막을 뚜껑이 있어야 하고… 얼마나 걸릴지 알 수 없으니 많은 양의 식량이 필요하겠다. 또…."

검둥이가 한숨을 섞어 말했다.

"어머니 마음은 이해하지만 성채만 한 크기의 배를 무슨 수로 만들어요. 그건 불가능해요."

"할 수 있을지를 물어본 게 아니란다. 해야만 해. 우리가 대비하지 않으면 이 땅의 모든 생명이 죽게 된다."

이때 흰둥이가 들뜬 목소리로 말했다.

"어머니 제게 좋은 생각이 있어요! 빙하민족이 보석을 캐는 게 원인이잖아요. 그러니까 우리가 더이상 보석을 캐지 못하도록 그들을 설득하면 돼요!"

흰둥이는 제가 생각한 묘안이 썩 마음에 들었는지 상기된 얼굴로 여왕과 검둥이를 번갈아 봤다. 긍정적인 반응을 해달라는 눈빛이었다.

"만일 할 수 있다면 그 방법이 가장 좋겠구나. 그런데 시대가 흐르고 우리가 없으면 어쩌겠니? 그때도 막을 수 있을까? 바다에서 밀어닥치는 해일은 막을 수 있어도 사람의 욕심은 막을 수 없단다, 아들아."

흰둥이가 받아쳤다.

"아니에요, 어머니. 할 수 있어요. 빙하민족은 앞으로 닥칠 상황에 대해 알지 못해서 그래요. 그들도 사람인데 알려주면 분명히 받아들일 거예요."

검둥이가 흰둥이의 의견을 거들었다.

"그 말이 맞아요. 배를 만들어서 땅 위에 사는 생물을 구하겠다는 것은 말도 되지 않아요. 사람은 그렇다고 치고 동물은 어떻게 데리고 오겠어요. 동물과 말이 통하는 사람이 어디 있나요? 그러면 한 마리씩 잡아들이고, 배에 태운 다음, 세상이 제자리를 찾을 때까지 먹여야 할 텐데. 그건 불가능해요, 어머니."

여왕은 숨을 한 번 밀어 쉬고 말했다.

"그 부분에 대해서는 내가 당장 해줄 수 있는 답변이 없구나. 너희 말이 맞다."

따뜻한 차가 차갑게 식을 때까지 침묵이 이어졌다. 여왕이 다시 입을 열었다.

"그렇다면 상책을 너희에게 맡기겠다. 마침 이씨도 빙하에 가 있다고 하니 그와 함께 빙하민족이 도모를 캐기 위해 빙하를 깨는 것을 막아라. 나는 이 일을 공론화해서 주변국과 함께 해결할 방안을 찾아보겠다."

이튿날 여왕은 촌장들과 장군들에게 이 사실을 의논했다. 장군들은 만월선생의 말이라면 늘 그랬듯이 모두가 동의했고, 촌장들은 이것은 전쟁보다도 큰일이라며 호들갑을 떨었다.

여왕은 무언가에 쫓기듯 마음이 초조하고 불안했다.

여왕은 다섯 나라 왕에게 서신을 보냈다. 만월선생이 함께 의논할 것이 있으니 유수국으로 초대한다는 내용이었다. 그로부터 한 달여가 지나고 도착한 첫 번째 회신은 비교적 가까운 거리의 손(孫) 나라였다. 초조함을 견디기 어려웠던 여왕은 회신을 받으러 직접 성문까지 나갔다. 손바닥만 한 두루마리에는 이렇게 적혀 있었다.

'짐이 몸이 안 좋아서 못 가겠소….'

보낸 서신에는 언제까지 오라는 날짜가 없었고 손 나라 왕은 여섯 개 나라 중에서 가장 젊고 건강했다. 여왕은 크게 상심했다.

곧 각 나라의 왕들로부터 회신이 도착했다. 손 나라 왕은 그래도 예의가 있었구나, 라는 생각이 들었다.

'여자가 왕인 나라는 무지했던 과거에나 있을 법한 일. 그곳에 왕이 자리를 잡는다면 초대에 응할 의향이 있다.'

'왕이 왕을 초대하는 것이 예의이다. 예의를 차리기 바란다.'

'남자의 품이 그리운 것이라면 이리로 오라. 침실을 정돈해 두겠다.'

여왕은 명치끝이 뻐근해졌다. 보이지 않는 손이 입을 틀어막은 듯 숨 쉬는 데 답답함을 느꼈다. 나 나라의 회신이 아직 오지 않았지만 네 번째 회신을 확인했을 때 그녀는 사실상

포기했다. 거리가 가장 가까운 나 나라의 회신이 마지막에 온다는 것은 말이 안 되기 때문이다. 여왕은 이번 일을 다른 나라와 대화의 문을 여는 기회로 삼을 생각이었는데 실망스러운 결과였다.

여왕이 다른 대안을 찾기 위해서 촌장들을 소집해 의논하고 있을 때, 나 나라 왕으로부터 서신이 도착했다.

'초대해주셔서 고맙습니다. 곧 보름달이 뜨는 날이니 나와 나의 수하들이 만월선생의 가르침을 받들러 가겠습니다.'

필체마저 신사적이었다. 그는 나(拏) 나라를 세운 초대 왕 바하였다. 호전적인 면이 있지만 전국 여섯 개 국가 중 군사력이 가장 강한 나라였다. 여왕의 눈에 희망이 보였다. 만일 바하와 얘기가 잘된다면 나머지 국가와 대화 자리를 만드는 일은 한결 쉬워질 것이었다. 그러나 바하가 오겠다고 한 날이 바로 다음 날이었기 때문에 만월 행사 준비를 서둘러야 했다.

갑작스러운 바하의 방문 소식은 모두를 분주하게 만들었다. 목적이 있는 만큼 전례 없이 크고 화려하게 행사를 준비했다. 공생을 상징하는 흰색 들꽃을 모아 성 안 곳곳을 치장했고, 장군들의 반대를 꺾고 모든 병사의 무장을 해제시키거나 성 외곽으로 내보냈다. 공생을 주제로 한 설득이었기 때문에 평화적인 분위기를 만드는 데 정성을 기울였다. 어쩌면 이번이 처음이자 마지막 기회일 수 있어 여왕은 최선을 다해 준비했다.

밤을 꼬박 새운 여왕과 촌장들, 주민들은 광장에 자리를 잡고 바하가 도착하기만을 기다렸다.

동쪽 하늘에 해가 완연히 떠올랐을 때, 천여 명의 군사와 바하는 멸치 떼처럼 철제 갑옷을 빛내며 유수국 국경을 넘었다.

"뭐? 무장? 천여 명?"

국경수비대의 보고를 들은 어느 촌장은 거의 비명을 질렀다. 함께 보고를 들은 장군들은 급히 외곽에 배치된 병사를 소집했다.

성문을 닫으라고 병사를 보냈지만 어찌 된 일인지 병사는 사라지고 없었다. 무언가 이상함을 느낀 광장 안 사람들은 불안한 눈빛으로 수군거렸다.

어느새 바하의 군대가 성문 앞에 이르러 말을 세웠다. 바하는 여유 있는 모습으로 말에서 내려 활짝 열린 성문으로 걸어 들어갔다. 광장 안에는 수많은 유수국 백성이 모여 있었지만 비어 있는 듯 고요했다. 광장을 메운 것은 바하군이 몰고 온 거친 쇠 냄새와 만월선생을 희롱하는 까마귀의 웃음소리였다.

바하는 전신 갑옷을 입고 오른손에는 밤송이 모양의 철퇴를 들고 있었다. 누가 보아도 적진에 쳐들어온 전사의 모습이었다. 바하의 옆에는 낯익은 얼굴이 서 있었다. 지돈 씨였다.

지돈 씨는 손등을 펼쳐 눈에 떨어지는 햇빛을 가리고 만월선생을 향해 검지를 뻗으며 바하에게 말했다.

"저 년입니다!"

가깝지 않은 거리였지만 광장 안은 매우 조용해서 그의 말소리가 만월선생 귀에 닿는 데 무리가 없었다.

6

빙하에 도착한 쌍둥이는 작은 술집에 묵었다. 원래 숙박이 안 되는 곳이었지만 친절한 주인의 배려 덕분에 몸을 녹일 만한 공간을 빌릴 수 있었다. 쌍둥이는 숙소를 잡고 이씨부터 찾아 나섰다. 말솜씨 좋은 이씨가 있어야만 빙하민족장을 설득할 수 있을 터였다.

빙하에는 남방계 사람의 왕래가 드물기 때문에 이씨를 기억하는 사람이 적지 않았다. 하지만 그가 어디로 갔는지 정확하게 아는 사람이 없었다.

쌍둥이는 이씨를 찾아다니며 빙하민족이 사는 모습을 구

경했다. 그들의 대저택은 감탄사를 연발하게 했다. 얼음 위에 나무로 집을 올렸는데 하얀 얼음과 회갈색 통나무 그리고 뿌연 안개가 신비로운 분위기를 자아냈다.

이씨를 마지막으로 만났다는 관리인은 낮은 계급에 속했지만, 그의 집은 유수국의 성보다도 크고 화려했다. 관리인은 쌍둥이를 만나주지 않았다. 경비병에게 만남을 몇 차례 요청한 끝에 건너온 답변은 이씨를 만난 것은 맞지만 어디로 갔는지는 모른다, 였다.

쌍둥이는 그날도 소득 없이 발걸음을 돌렸다. 벌써 칠 일째 헛걸음이었다.

숙소로 돌아온 두 사람은 벽난로에 손과 발을 녹였다. 술집은 한가했다. 한쪽 구석에 덩치 큰 사내 둘만 말없이 술을 마시고 있었다. 난롯불에서 타고 있는 목재와 눈바람에 흔들리는 문짝만이 정적을 깼다.

술집 주인이 쌍둥이에게 다가가 싸구려 술을 건넸다.

"찾던 사람은 찾았어요?"

술잔을 받아 든 검둥이가 어색하게 미소 지으며 고개를 가로저었다. 주인이 입술을 삐죽거리며 말했다.

"못 찾는 게 당연하지….'

주인의 목소리가 작았기 때문에 난로 앞에 있던 흰둥이는 듣지 못했고 검둥이는 눈빛으로 그게 무슨 뜻인지 물었다.

"죽었어요, 그 사람."

이번에는 흰둥이도 그의 말을 듣고 고개를 돌려서 술집 주인을 바라봤다.

"죽어요? 이씨가요?"

"그 사람이 이씨인지 장씨인지 나는 몰라. 그런데 이 집에 묵었던 남방계 사람 하나가 몇 개월 전에 민족장님께 까불다가 뒈졌지. 건방지게 말이야."

마지막 문장에서 술집 주인의 못마땅한 감정이 짙게 묻어났다. 그는 입안에서 혀를 한 바퀴 굴렸다.

"그… 그게 무슨, 자세히 좀 얘기해주세요."

술집 주인이 눈을 가늘게 뜨고 쌍둥이를 번갈아 봤다.

"당신들도 유수국에서 왔지?"

뱀이 귓등을 지나듯이 느릿하고 소름 돋는 목소리였다. 쌍둥이는 머뭇거리며 분위기를 살폈다. 뭔가가 잘못된 것 같았다.

술집 주인은 검둥이 손에 있던 술잔을 빼앗아 단번에 들이켰다. 그리고 빈 술잔을 쥔 손에서 중지만 치켜들어 쌍둥이를 가리켰다.

"이것들 빙벽 아래에 버려."

술집 주인의 말에 구석에서 술을 마시던 사내 두 명이 일어나 쌍둥이에게 다가갔다. 불곰처럼 생긴 두 사내는 물건을 다루듯 무심하게 쌍둥이를 한 명씩 어깨에 멨다.

검둥이가 팔꿈치로 사내의 등을 찍어대며 저항했다. 그러자 사내는 검둥이를 내려놓고 마구 주먹을 내려꽂았다. 검둥이가 의식을 잃고 축 늘어지자 다시 어깨에 멨다. 그 모습을 지켜보던 술집 주인이 입술을 동그랗게 모아 오, 감탄하며 잘했다고 했다. 그러자 흰둥이를 메고 있던 사내도 똑같이 흰둥이를 때리고 다시 어깨에 멨다.

상황은 이러했다. 이씨는 빙하에 와서 도모에 대해 조사하던 중 빙하를 깎는 것이 앞으로 어떤 일을 초래할지 알게 되었다. 그는 빙하민족장을 찾아가 그 사실을 경고했다. 이씨의 말을 들은 빙하민족장은 불같이 화를 냈다. 이씨는 빙하민족장을 진정시키고자 만월선생께 물어보면 좋은 방법을 일러주실 거라고 했다. 하지만 선생이란 말을 들은 빙하민족장은 더 화를 내며 부하를 시켜 이씨를 바다로 던져버리라고 했다. 결국 이씨는 빙벽 아래로 던져졌다. 그리고 얼마 후 쌍둥이가 빙하에 왔고, 쌍둥이가 이씨를 찾아다닌 것을 알게 된 빙하민족장은 그들도 바다로 던져버리라고 명령했다.

　빙벽 아래로 던져진 흰둥이는 기절한 검둥이를 안은 채 바다에 떠 있었다. 하지만 흰둥이 혼자 힘으로는 수면 위로 고개를 내미는 것이 고작이었다. 차가운 바닷물이 살가운 동물처럼 자꾸만 두 사람의 뺨을 핥았다. 흰둥이는 사내에게 얻어맞은 곳이 별로 아프지 않다고 느꼈다. 딱딱딱, 이빨을 튕기느라 그런 것을 느낄 여유가 없었는지도 모른다.
　흰둥이는 빙벽까지 헤엄쳐 가서 몸을 기댔다. 빙벽에서 뿜어져 나온 찬 기운이 살가죽을 갈기갈기 찢는 기분이었다. 흰둥이는 검둥이를 깨워야겠다는 생각에 어깨를 잡고 흔들었다.
　"일어나 봐, 일어나 봐."
　아무리 세게 흔들어도 뺨을 때려도 깨어나지 않았다. 물먹은 볏짚단처럼 그냥 축 늘어져 있었다. 검둥이는 이미 죽어 있었다. 흰둥이는 갑자기 너무 무서워져서 검둥이를 세게 끌어안았다.

7

바하의 어눌한 발음이 광장 안을 떳떳하게 울렸다.

"만월선생, 이 바하가 질문을 하나 가지고 왔습니다."

바하와 그의 군대가 여왕에게 다가가자 사람들이 양옆으로 갈라졌다. 그때 검을 든 병사 한 명이 군중을 헤집고 바하를 향해 달려들었다. 그러나 바하의 호위무사가 쏜 화살이 그의 목젖에 박혔다. 맥없이 고꾸라진 그의 모습에 광장 안의 사람들은 동시에 짧고 높은 비명을 질렀다. 이제 바하의 걸음을 가로막는 자는 아무도 없었다.

마침내 바하가 여왕과 마주 섰다. 다시 한번 바하의 목소리가 광장 안을 울렸다.

"만월선생, 내가 대식가라서 밥을 많이 먹는데, 농사지을 땅이 좁아서 걱정입니다. 어찌하면 좋겠습니까?"

바하는 계속 히죽거렸다. 그는 힘으로 지역을 점령해서 보물을 노획하고 여자를 능욕하는 것을 좋아했다. 그런 상상을 하는 것만으로도 어느새 입꼬리가 올라가 있었다.

만월선생에게는 이 치욕을 막아낼 힘이 없었다. 바하에게서 눈을 돌려 유수국 백성들을 바라봤다. 모두 만월선생만 보고 있었다. 애처로운 눈빛이었다. 그녀는 태어나 처음으로 자신의 처량한 모습을 보았다.

이때 제자가 바하의 앞으로 나서서 길을 가로막았다. 그녀의 손과 어깨가 약간 떨렸다.

"야비하고 졸렬한 놈. 돌아가라."

바하는 불쑥 나타난 제자의 얼굴이 마음에 들었다. 앙다물고 있는 분홍 복숭아빛 입술에서 분노가 엿보였지만 쉽게 찢을 수 있을 것 같았다. 입술에서부터 조금씩 시선을 내리다가 봉긋한 가슴에서 멈춘 바하는 설레는 듯 콧구멍과 입꼬리를 씰룩거렸다.

바하의 눈빛을 읽은 만월선생이 제자에게 다가가려고 했

지만 바하의 병사들이 그녀 앞을 가로막았다.

바하는 유수국 그리고 마지막 남은 선생을 굴복시켰다는 의미로 백성들이 보는 광장 한가운데서 만월선생을 능욕하려 했다. 하지만 만월선생은 어느 동네마다 몇 명씩은 있을 것 같은 평범한 외모의 중년 여성이었다.

바하는 제자에게 다가가 밀어서 바닥에 넘어뜨리고 옷을 찢기 시작했다.

"안돼!"

만월선생이 비명을 내지르며 바하를 향해 달려들었다. 그러나 바하의 병사들이 그녀의 앞길을 막았다.

'제자를 구해야 한다. 무슨 짓을 해서라도 저 가여운 아이를 지옥에서 건져 올려야 한다.'

만월선생은 발광하듯 병사들의 틈을 비집고 앞으로 나아갔다. 허벅지와 옆구리에 칼날이 들어와도 괘념치 않았다.

병사들을 헤집고 빠져나왔을 때, 묵직한 무언가가 몸을 뒤로 밀었다. 만월선생은 불쾌한 이물감에 걸음을 멈췄다. 왼쪽 젖가슴 아래에부터 등 밖으로 창날이 곧게 관통해 있었다. 핏줄기가 창 자루를 타고 울컥울컥 심장 박동에 맞춰서 흘러내렸다.

만월선생은 천천히 고개를 들어 창을 쥐고 서 있는 자를

봤다. 지돈 씨였다. 지돈 씨가 어미를 잡아먹은 살모사처럼 혀로 입술을 핥았다.

이제 보니 지돈 씨가 유수국에 온 것도, 바하가 방문 날짜를 급하게 잡은 것도 모두 이들의 노림수였다. 만월선생은 주먹을 힘껏 말아 쥐고 지돈 씨를 노려봤다. 마음 같아서는 붉게 달궈진 쇳물을 지돈 씨의 입에 부어버리고 굳어진 쇳덩이를 뽑아 바하의 머리통을 때려 부숴버리고 싶었다.

지돈 씨가 창을 뽑자 심장에서 피가 솟구치면서 만월선생의 몸이 앞으로 고꾸라졌다. 쿵 소리와 함께 먼지가 일어났고 곧 검붉은 웅덩이가 만들어졌다. 만월선생은 얕은 웅덩이 놓인 생선처럼 짧게 헐떡였다. 몸을 일으키려 했지만 제 몸이 아닌 듯 말을 듣지 않았다.

여왕이 쓰러지자 광장 안에 모여 있던 사람들이 소리를 지르며 도망치기 시작했다. 바하의 병사들은 저마다의 무기를 꺼내 도망치는 유수국 백성의 등뒤로 크고 작은 구멍을 뚫었다.

만월선생은 무기력하게 누워 백성이 죽어가는 모습을 쳐다봤다. 아이가 들고 있던 흰색 들꽃이 바닥에 떨어져 철제 신발에 짓밟혔다. 그 위로 흙먼지가 피어올랐다.

대여섯 명의 사내아이가 발길질로 메마른 먼지를 일으키고 있었다. 황토빛 흙먼지 사이로 짓밟고 있는 물체가 희미하게 보였다. 얇은 다리 네 개가 가지런히 포개진 것으로 보아 밟히고 있는 건 새끼 노루였다. 젊은 만월선생은 가여운 새끼 노루를 구하러 달려갔다. 그녀가 사내아이들을 밀쳐내자 먼지 아래서 그 존재가 초라하게 모습을 드러냈다. 그것은 새끼 노루가 아니었다. 이기적인 물살에 휩쓸려 버둥거리다가 익사한 곤충처럼, 축 늘어진 여자아이였다.

　먼지가 걷히자 사내아이들은 요괴가 일어난다, 소리를 지르며 멀리 달아났다. 젊은 만월선생은 흙먼지 안에서 여자아이를 안아 올렸다. 아이는 지푸라기 인형처럼 가벼웠다.

　그녀는 여자아이를 인근의 맑은 개울로 데리고 가서 얼굴과 팔다리에 흙과 엉겨 말라붙은 피딱지를 물로 녹이고 닦아냈다. 아이의 어깨며 허벅지, 몸 곳곳에 곯은 복숭아 같은 멍자국이 있었다.

　몸을 씻기던 중에 깨어난 아이는 대뜸 배가 고프다고 했다. 젊은 만월선생은 메고 있던 보따리에서 하얀 떡 하나를 꺼내 아이에게 건넸다. 여자아이는 생글생글 예쁘게 웃으며 떡잎 같이 통통한 두 손을 가지런히 포개 내밀었다. 그런데 아이의 오른손 손가락이 대부분 사람보다 하나가 더 많았다. 그녀는 그것을 못 본 체하고 아이의 손에 떡을 올려놓았다. 그때 한 사내아이가 달려와서 떡을 낚아챘다. 그리고 얼른 제 입으로 모두 넣어버렸다. 갑자기 나타나 떡을 빼앗아 먹은 사내아이에게 기분이 상한 젊은 만월선생이 성난 목소리로 물었다.

"너 누구니?"

입에 넣은 것을 빼앗길까 싶어 사내아이는 서둘러 떡을 삼키고 퉁명스러운 말투로 대답했다.

"저는 지돈인데요?"

할말 더 없냐는 듯 당당한 표정이었다. 여자아이는 젊은 만월선생의 눈치를 살피더니 여전히 웃는 모습으로 사내아이를 감싸고 들었다.

"우리 오빠야."

그런 여자아이를 향해 사내아이가 무뚝뚝하게 말했다.

"아부지가 육손이 너 빨리 오래."

사내아이는 말이 끝나자마자 획 돌아서 가버렸다. 여자아이는 젊은 만월선생에게 꾸벅 인사를 하고 사내아이의 뒤를 따라갔다.

그 마을에서 하루를 묵은 젊은 만월선생은 여자아이를 다시 만났다. 전날 아이를 씻겨준 그 개울에서였다. 아이는 대부분 사람과 똑같이 다섯 손가락이 된 오른손을 붙잡고 울고 있었다.

손가락이 잘려나간 자리에서는 계속 피가 흐르고 있었다. 아이는 그 흔한 헝겊 조각 한 장 없이 작은 왼손으로 환부에서 흘러 나오는 피를 막아보려 애썼다. 그러나 피는 멈추지 않았고 개울을 붉은색으로 물들였다.

만월선생은 얼른 달려가 여자아이를 품에 안았다. 눈물과 땀에 젖은 머리카락이 낙지 다리처럼 얼굴에 달라붙어 있었다. 그녀는 손바닥으로 아이의 이마를 쓸어내고 눈을 마주쳤다.

"어, 언니…."

아이는 모래사장 위에 던져진 바닷물고기처럼 입만 뻐끔거렸다. 아이의 눈동자가 점점 위로 올라가더니 이내 눈꺼풀 뒤로 사라졌다. 그리고 줄이 끊어진 인형처럼 고개를 툭 떨궜다.

놀란 젊은 만월선생은 아이를 업고 달렸다. 한참 동안 의원을 찾아다녔지만, 작은 산골 마을에 있을 턱이 없었다. 가장 가까운 의원도 걸어서 하루가 걸린다고 했다. 그녀는 한 노인에게 지혈 작용이 있다는 녹색 가루를 얻어서 아이의 여섯 번째 손가락이 있던 자리에 모두 뿌렸다. 그러나 피는 멈추지 않았다. 작은 몸에서 어떻게 그토록 많은 피가 쏟아질 수 있을까 신기할 정도였다.

아이를 업은 채로 정신없이 달린 젊은 만월선생은 조금씩 지쳐갔다. 놀란 탓인지, 갑자기 많이 뛴 탓인지, 머리가 어지럽고 속이 울렁거렸다. 아이의 피와 땀으로 흠뻑 젖은 바지가 다리에 휘감겼다. 그녀는 비틀대며 걷다가 강아지풀 더미 위에 넘어지듯 주저앉았다.

그곳은 노을이 지기 시작한 들판이었다. 젊은 만월선생은 가쁜 숨을 몰아쉬며 아이를 무릎 위에 올려 안았다. 여자아이의 온몸은 피로 범벅이었지만 표정만큼은 편안해 보였다. 아이를 내려다보던 그녀는 체한 것처럼 속이 답답해졌다.

젊은 만월선생은 고개를 들어 들판을 봤다. 들에는 샛노란 꽃, 하얀 꽃잎에 빨간 줄이 들어간 꽃, 노란 바탕에 까만 점이 박힌 꽃, 애써 어여쁜 이름을 지어주지 않아도 이미 어여쁜 꽃이 저마다의 향기를 내며 피어 있었다. 꽃들은 뿌리 내린 장소도, 생긴 것도 모두가 달랐지만 그 모습 그대로 함께 어울렸다. 그리고 그 아래에 셀 수 없이 많은 토끼풀이 자랐다. 대부분의 토끼풀은 세 장 겹잎이었지만 네 장짜리 토끼풀도 있었다.

젊은 만월선생은 궁금했다. 혹시 토끼풀도 그럴까. 세 장 토끼풀도 네 장 토끼풀의 초과된 잎 한 장을 도마 위에 올려서 닭 잡는 칼로 네 번째 잎을 잘라낼까. 토끼풀들은 세 장이든 네 장이든 함께 어울려 살아간다. 그런데 이 아이는 왜 손가락이 여섯 개라는 이유로, 손가락이 다섯 개인 사람들에게 고통을 받아야 하는 걸까.

젊은 만월선생은 아이에게 상처를 준 사람들 생각에 저절로 주먹이 말아졌다. 손톱이 손바닥을 파고들었지만 힘을 풀고 싶지 않았다. 이윽고 분노가 여자아이를 향해 번졌다. 이기적인 그들에게 저항조차 하지 않은 나약한 태도. 아니, 오히려 그들을 감싸는 듯한 아이의 태도가 아둔하게 느껴졌다.

"아이야, 너는 약한 게 분하고 억울하지도 않니?"

그녀의 말소리와 깊은 한숨이 아이의 옷섶을 작게 흔들었다.

여자아이의 숨결이 점점 가늘어지고 몸이 조금씩 차가워졌다. 살아날 가망이 없어 보였다. 젊은 만월선생은 죽어가는 아이에게 해줄 수 있는 게 아무것도 없었다.

그녀는 아이의 몸을 주무르던 손을 거두고 묻은 피를 바지에 닦았다. 그리고 창백한 아이의 볼을 부드럽게 어루만졌다. 볼에 따뜻한 손이 닿자 아이가 가늘게 눈을 떴다. 몸에서 수분이 빠져나가 아이의 입술은 하얀 조각으로 갈라져 있었다. 그 입술 사이에서 거친 소리가 새어 나왔다.

"언니…."

젊은 만월선생은 대답하지 않고 몸을 앞뒤로 조금 흔들어 반응했다. 떨리는 목소리가 나오면 그 목소리를 따라서 눈물이 터질 것 같았기 때문이다. 아이의 말이 이어졌다.

"언니, 나는 내가 약한 게 좋아…."

부끄러운 듯 아이의 입꼬리가 올라갔다. 죽어가던 아이가 갑자기 깨어나서 대답을 해주는 것도 놀랍지만 수줍게 미소를 짓는 것은 다소 충격이었다. 그녀는 아이의 이해하기 어려운 행동에 꿈을 꾸는 것 같은 기분마저 들었다. 젊은 만월선생이 작은 목소리로 물었다.

"약한 게 왜 좋아?"

"꽃 같잖아."

"……."

바람이 들판 위의 꽃과 토끼풀을 쓸고 지났다. 그 말이 무슨 뜻인지 그녀가 묻기도 전에 아이는 도로 눈을 감았다. 아이의 얇은 머리카락이 거친 들바람에 따라 정신을 못 차리고 나부꼈다. 그녀는 아이의 체온이 떨어질까 봐 조금 더 당겨 안았다.

꽃 같아서 좋다니, 대체 그게 무슨 말이야. 누군가가 와서 밟으면 밟는 대로, 뜯으면 뜯는 대로 꼼짝도 못 하는 식물 주제에, 좋기는 뭐가 좋다는 거야. 피를 많이 쏟아서 네가 헛소리를 하는구나.

젊은 만월선생은 그렇게 생각하려 했다. 그런데 아이의 그 평온한 얼굴이 잔상처럼 남아 자꾸만 눈앞에 아른거렸다. 정말 꽃이 된 것 같은 표정이었다. 그것은 절대로 억울하게 죽어가는 사람의 얼굴이 아니었다.

그녀의 시선이 들판으로 향했다. 꽃들은 바람이 불면 부는 대로 해가 지면 지는 대로, 멍청하게 보일 만큼 아무 저항도 하지 않았다.

저렇게 게으른 식물이 왜 좋을까. 비록 누군가에게 밟히고 뜯기지만, 꽃은 약한 덕분에 자신을 해치지 않지. 그 때문일까. 아이는 그래서 꽃 같은 게 좋다고 할 걸까. 그것이 아니라면 들판에 제각기 모습으로 살면서도 서로 차별하지 않는 꽃들에게 부러운 마음이라도 든 걸까.

들판 위에는 벌과 나비 등 셀 수 없이 많은 곤충이 부산하게 날아다녔고 부스럭대는 풀 더미 속에는 작은 새들이 재잘대며 날갯짓을 하고 있었다. 먼 곳에 사슴 한 쌍이 고개를 숙이고 있는 것도 보였다. 풀잎을 뜯어 먹는 것 같았다.

문득 잊고 지내던 기억 하나가 되살아났다. 그때도 하늘은 개나리 빛이었고 온갖 풀벌레가 날개를 문지르고 있었다. 젊은 만월선생은 생각했다. 여왕의 자리에서 추방당한 나의 스승. 벌에게 침이 있는 까닭은 꿀을 빼앗기 위함이 아니라며, 목숨까지 내놓으며 영토 전쟁을 반대했던 그녀가 이 아이와 비슷한 말을 했었다.

"저들은 왜 꽃처럼 살지 못할까. 일어서면 기껏 서너 뼘, 누워도 기껏 열댓 뼘을 벗어나지 못하면서, 무슨 이유로 저토록 넓은 땅을 탐할까. 보드라운 햇볕과 신선한 물 한 모금이면 만족하는 저 꽃들과 똑같은 흙을 밟고 살면서… 저들은 왜 모르는 걸까."

그녀는 스승의 말을 듣고 이해하고 공감한다고 생각했었다. 그런데 껍데기만 알아들은 것이었다. 이 아이를 보고서야 그것을 깨달았다.

젊은 만월선생은 아이가 한 번만 더 눈을 떠주길 바랐다. 아이가 눈을 뜬다면 어떻게 꽃이 될 수 있는지 묻고 싶었다. 하지만 아이는 눈을 뜨지 않고 새벽녘 꽃처럼 조용히 시들었다.

날이 밝자 젊은 만월선생은 아이를 들판에 묻었다. 그녀는 아이의 무덤 앞에서 한참을 떠나지 못하다가 작은 목소리로 노래했다.

"살아 있는 것 중에서 가장 약한 주제에, 바람 한 점에도 정신을 못 차리는 주제에. 어찌 그렇게 향기가 나는 듯 미소를 지을 수가 있을까. 후우, 사늘한 입 바람에 민들레 씨앗처럼 흩어진 아이야. 너는 어떻게 꽃이 되었니? 어떡하면 꽃이 될 수 있니? 언니에게도 일러주렴. 바람 소리로 일러주렴. 이 언니도 꽃이 되고 싶구나….”

처참한 비명소리에 만월선생은 번쩍 정신이 들었다. 눈을 떠보니 맞은편에 축 늘어진 여성의 아래에 어린아이가 깔려서 울고 있었다. 유수국 백성들은 마구잡이로 칼과 창을 찔러대는 병사들에게 저항도 하지 못하고 손바닥으로, 팔로, 등으로 소중한 사람을 지켰다.

‘이렇게 누워 있으면 안 된다. 얼른 병사들을 모아서 백성들이 이곳에서 벗어나도록 해야 한다.’

만월선생은 왼손을 당겨 몸통에 뚫린 구멍을 막고, 있는 힘을 다해 오른손으로 바닥을 밀었다. 그래도 몸을 일으키는 게 쉽지 않았다. 만월선생은 이마로 바닥을 밀어서 힘을 더했다. 굳게 닫힌 이빨 사이로 신음이 빠져나갔다.

이때 귓등에 대고 말하는 듯 또렷한 말소리가 들렸다. 꽃처럼 시들었던 그 아이였다.

"언니."

"너구나…."

만월선생은 아이의 목소리에 놀라지 않았다. 무서운 마음도 들지 않았다. 늘 옆에 있었던 것처럼 아이의 존재가 익숙했다.

"그런데 얘야, 조금 기다려주면 안 되겠니? 언니는 할 일이 남아 있어서 아직은 갈 수가 없어."

그녀는 다시 한번 팔과 이마로 바닥을 밀어냈다. 엉덩이를 올리는 데 성공해서 절을 하는 자세처럼 됐다. 피가 상체로 몰리면서 구멍 난 심장에서 왈칵 피가 쏟아져 내렸다.

"언니, 여기 있는 선생님이 이야기해 줬는데 지는 별은 굴욕만 남기고, 뜨는 별에게 모두 주는 거래. 먼저 진 별이 그랬듯이."

이번엔 머리를 치켜들었다. 희미하게 바하가 보였다. 투구를 벗은 그의 얼굴이 몹시 즐거워 보였다.

"비록 뜨는 별이 부족해 보이고 마음에 들지 않지만 먼저 진 별이 그랬듯이 아무 말 없이 떳떳하게 무너지는 거래."

더이상 힘이 남지 않았다. 만월선생은 고개를 떨어뜨렸다. 움켜쥐고 있던 힘을 놓아버리자 뚫린 심장에 시원한 바람이 밀려들어 왔다. 애써 일으킨 상체가 땅바닥으로 떨어졌다. 곧

술에 취한 것처럼 어지러워졌다. 여자아이가 만월선생에게
물었다.

"언니, 만일 다음 삶을 선택할 기회가 주어진다면 어떻게
살고 싶어?"

8

유수국을 정복한 나 나라의 바
하 왕은 이제 넓은 영토를 가진 왕에 만족하지 않고 가장 높
은 왕이 되고 싶었다.

바하 왕의 마음을 읽은 지돈 씨는 가마를 만들어 열 명의
젊은 사내에게 바하가 탄 가마를 메게 했다. 가마는 단지 편
리함 이상의 효과를 가져왔다. 백성들이 허공을 높이 떠다니
는 바하 왕을 우러러본 것이다. 지돈 씨는 마치 이치를 깨달
은 듯 백성은 땅이고 왕은 하늘이라며 아첨했다.

바하가 기뻐하자 지돈 씨는 한 단계 더 나가고 싶었다. 왕

을 보통 사람이 아닌 존엄한 사람으로 만드는 것이었다. 그러나 방법이 없었다. 왕도 보통 사람처럼 울고, 웃고, 밥 먹고, 똥 싸고 살았다. 그렇다고 똥에서 꽃향기가 나는 것도 아니었다. 그냥 평범한 사람이었다. 지돈 씨는 머리카락을 쥐어뜯으며 고민했다.

'어떻게 하면 왕이 존엄해질까… 아! 그러면 되겠다.'

지돈 씨의 생각이 실행되자 바하는 정말로 존엄한 인간이 되었다. 바하는 자신이 어떻게 존엄해졌는지 도통 이해가 되지 않았다. 그는 지돈 씨를 조용히 불러 자신이 어떻게 존엄해질 수 있었는지 물었다.

"지돈 씨, 나는 그대처럼 머리가 좋지 않아서 도통 이해가 안 되네. 내가 도대체 어떻게 존엄해진 것인가?"

"사실 존엄이란 것은 이 세상에 없사옵니다."

"거 참, 더 이해가 안 되는 소릴 하는구먼. 쉽게 좀 말해보게."

"평지에 산을 쌓는다고 상상해 보시옵소서. 바하 왕께서 서 계신 땅만 높이면 되는 것 아니겠사옵니까. 제가 한 일은 바하 왕이 서 계신 주변 땅을 낮춘 것이옵니다. 다시 말해서 다른 이를 비천하게 만들어 바하 왕을 존엄하게 만든 것이옵니다."

"아, 그대는 정말 타고난 인재로다!"

바하 왕은 기뻐하며 지돈 씨의 손을 맞잡고 흔들었다.

"그런데 지돈 씨, 그거 안전한 것인가? 비천해진 그들이 반란을 일으키기라도 하면⋯."

"바하 왕께서 쌓으신 상상 속의 산은 무슨 모양이옵니까?"

"산이라면 대개 세모 모양이 아니겠나."

"가장 존엄하신 바하신께서 세모의 가장 꼭대기에 계시옵고 그 아래에는 차별이 있사옵니다. 남자와 여자, 신분의 높고 낮음, 돈이 많고 적음, 나이가 많고 적음 그리고 세모의 가장 아래에는 말 못 하는 짐승이 있사옵니다. 반란을 일으킬 만한 힘을 가진 자는 모두 남자이온데, 남자는 이 구조에 절대 불만을 갖지 않사옵니다."

바하 왕은 두 눈을 끔벅거리며 이해하지 못하겠다는 표정을 지었다.

"아직 모르시겠사옵니까? 남자는 사내로 태어난 것만으로 여자보다도 우월한 지위를 주지 않사옵니까? 게다가 가만히 밥 먹고 똥만 잘 싸면, 나이 들어서 어른으로 대우도 해주니 대단히 큰 혜택이 아니겠사옵니까. 그들은 반란으로 이 구조를 무너뜨리기는커녕 유지하기 위해서 싸울 것이옵니다."

그제야 바하 왕은 입이 찢어질 듯 크게 웃으며 말했다.

"으하하! 과연, 지돈 씨는 세상에 다신 없을 천재로다!"

바하의 칭찬에 기분이 좋아진 지돈 씨는 그를 세상 가장 높은 곳으로 올리고 싶었다. 바하를 신으로 만드는 것이었다. 지돈 씨는 인간 바하의 흔적을 세상에서 지우고 신화를 만들어 곳곳에 붙였다.

'바하께서 하늘에서 내려다보니 인간이 맹수에게 물려 죽고 무지한 왕들이 백성에게 고통을 주었다. 그래서 바하가 이 땅으로 내려와 인간을 구원했다.'

인간이었던 바하가 신이 되자 그 반작용으로 노예가 생겨났다. 노예를 본 지돈 씨는 고민했다. 노예를 가장 낮게 해야 할까, 동물을 가장 낮게 해야 할까? 지돈 씨는 결심한 듯 손바닥을 책상 위에 내리쳤다.

"그래, 그래도 만물의 영장인 인간이 동물보다도 낮으면 쓰겠나."

지돈 씨는 노예에게 인간적인 자비를 베풀었다. 지돈 씨는 인간을 제외한 세상의 모든 동물을 미물이라 부르고 가장 비천한 곳에서 사람을 위해 태어나 살고 죽게 했다.

왕의 이기심과 지돈 씨의 인간 중심적인 생각으로 셀 수 없이 많은 생물이 금이나 은 같은 한낱 돌덩이보다도 못한 존재가 되었다.

그러나 모든 백성이 왕이 존엄하다고 믿은 것은 아니었다. 차별과 등급을 나누었는데도 나 나라 백성 중 절반은 여전히 왕을 똑같은 인간이라고 여겼다. 지돈 씨는 다시 고민에 빠졌다.

'어떡하면 왕이 존엄하다고 믿게 될까? 아! 그러면 되겠다.' 지돈 씨는 엄청난 양의 재물을 빙하민족에게 주고 존엄을 상징하는 검은 보석 도모를 사 와서 성 전체를 새카맣게 도배했다. 지돈 씨의 예상대로 대부분 백성은 값비싼 보석으로 치장한 성에 사는 왕을 특별하고 존엄하다고 여겼다.

그런데 이상하게 유수국에 살았던 백성들만은 어떻게 해도 왕이 존엄하다는 것을 믿지 않았다. 그들에게는 다른 방법을 써야 했다. 지돈 씨는 또다시 고민에 빠졌다. '어떡하면 왕이 존엄하다고 믿게 될까? 그거다!' 그는 무릎을 치며 자리에서 일어났다.

지돈 씨는 왕을 알현할 때 반드시 바닥에 이마를 대고 있어야 한다는 법을 만들었다. 이를 어긴 사람에게 고통스러운 벌을 내렸다. 법은 반복으로 학습이 되었고 유수국에 살았던 백성들까지도 왕이 정말로 높은 존재라고 믿게 되었다.

그러나 지돈 씨는 알고 있었다. 존엄성은 허공에 계단을 올리는 것처럼 쌓을 수도, 밟고 오를 수도 없다는 것을. 당장은 권력의 힘을 빌려 정말 있는 듯이 눈속임 했지만 세대를 거듭하면 들통날 것이 분명했다. 그러면 결국 바하의 후손은 신의 자손이 아닌 평범한 사람으로 돌아갈 것이었다.

어렵게 쌓은 왕의 존엄성을 죽어서까지도 유지할 방법을 찾아야 했다. 지돈 씨는 다시 한번 허공에 계단을 쌓았다. 바하의 무덤을 아주 크고 웅장하게 만드는 것이었다. 그것을 의아하게 여긴 바하가 지돈 씨에게 물었다.

"이봐 지돈 씨. 죽으면 겨우 흙 한 주먹인 것을 나처럼 머리 나쁜 사람도 아는데, 과연 그 큰 무덤이 소용 있을까?"

"에헴! 바하신이시여, 사람이라고 하시면 안 된다고 몇 번을 말씀드렸습니까. 평민은 흉내도 낼 수 없는 크고 멋진 무덤에 들어가셔야 하옵니다. 그래야만 바하신과 바하신의 후손이 존엄함을 이어나갈 수 있나이다. 지금까지 한 것처럼 차별을 보여주기만 하면 나머지는 저들끼리 상상하면서 부풀어 단단히 굳어질 것이옵니다."

3부

풍파를 함께 견뎠고

1

　나는 가만히 두 눈만 끔뻑거렸
다.

　"지금 나더러 그것들을 모두 믿으라고?"

　"믿기 어려운 것들을 순서로 매기자면 지금 송아지와 대화
하는 걸 가장 믿기 어렵지 않겠소?"

　"……."

　"흰둥이라고 불렸던 그대는 쉽게 찾아서 귀를 열었소. 그
리고 제자는 봄을 기다리고 있고….."

　나는 고개를 갸웃했다.

"봄을 기다린다니 무슨 말이야?"

"단정 지어 말하기는 어렵소. 어떤 형태로든 변할 수 있어서 말이오. 나중에 알게 될 것이오. 그리고 검둥이는 찾긴 했지만 귀를 열지 못했소."

"나와 쌍둥이였던 그 애를 찾았어? 지금 어디에 있어?"

"그는 나 나라 왕자로 태어나서 지금 왕실에 있소. 그런데 그곳은 모든 벽면이 검은 보석 도모로 도배가 되어 있어서 내가 들어갈 수도 없거니와 애써 들어가도 힘을 써서 귀를 열 수도 없소. 시간이 더 지체되면 그의 귀는 완전히 닫혀서 열 수 없게 되오. 그래서 말인데 그대가 나를 좀 도와주지 않겠소?"

나는 작은 편지를 비둘기에게 건넸다. 비둘기는 나뭇가지 같은 발가락으로 편지를 움켜쥐었다. 소가 비둘기에게 정확한 위치를 설명해 주는데 비둘기는 사춘기 소년처럼 듣는 둥 마는 둥 빈 바닥을 쪼며 '구구구' 대답했다. 심부름하는 게 귀찮은 듯했다. 잘 부탁하오, 소의 말이 끝나자마자 비둘기는 창밖으로 날아올랐다.

"그 아이가 정말로 나올까?"

소는 편지를 받았다면 나올 것이라고 확신했다. 비둘기가 일으킨 먼지가 가라앉지도 않았는데 소는 편지에 적은 장소로 가자고 재촉했다.

"우리가 먼저 도착해 있어야 하오. 얼른 일어나시오."

나는 소의 재촉에 못 이겨 문을 나섰다. 그런데 뒤따라 나오던 소가 방문을 힘겹게 빠져나가는 것을 보고 나는 깜짝 놀랐다. 내 품에 안겨서 집에 들어왔던 소는 불과 몇 시간 만에 수십 배가 불어나 어른 소가 돼 있었다. 먹은 것도 마신 것도 없이 그렇게 커진 것이다. 이야기 듣는 동안엔 모르다가 그제야 알아차렸다는 사실에 다시 한번 놀랐다.

"소야, 너 몸이 엄청나게 커졌어. 어른 소가 됐어!"

"어른은 몸으로 되는 게 아니라 생각으로 되는 것이오."

"그러면 나도 갑자기 어른이 될 수 있어?"

"그 이야기는 나중에 하고 지금은 갈 길을 서두르는 게 좋겠소."

환한 보름달이 길을 비쳤다. 소가 갑자기 성장한 것에 놀란 탓인지 나는 늘 보던 나장도 신비롭게 느껴졌다.

우리는 나장을 지나고 산 하나를 넘어 목적지에 도착했다. 나 나라 성에서 멀지 않은 연못이었다. 그곳은 꼭 풀벌레들의 장터처럼 시끄러웠다.

우리는 몸을 숨겨줄 넓은 나무 아래에 앉아 나와 쌍둥이 형제였다는 그 아이를 기다렸다. 아이의 이름은 부광이라고 했다.

"부광이 그것을 꼭 마시게 해야만 하오."

나는 소가 준 자그만 호리병을 만지작거렸다. 호리병 위의 구멍은 아직 수분을 머금고 있는 나뭇잎으로 막혀 있었다.

"나 못 하겠어. 무서워⋯."

"그대는 전해주기만 하면 되오."

그때 풀벌레 울음소리가 멈추고 인기척이 들렸다. 멀리 두 사람이 보였다. 한 명은 내 또래 정도의 남자아이였고 한 명은 나이가 조금 더 많아 보이는 청년이었다. 청년은 남자아이에게 왕자님, 이 시간에 왜 갑자기 여길 오신 거예요, 여러 번 되물었고 아이는 계속 그의 질문을 무시하고 있었다. 두 사람의 발걸음이 연못 앞에서 멈추자 풀벌레가 다시 날개를 비벼 소리를 내기 시작했다. 개구리도 울면서 연못 일대가 다시 소란스러워졌다. 소가 말했다.

"저기 작은 아이가 부광이오. 저 아이에게 그 호리병을 주시오."

나는 한 걸음도 뗄 수가 없었다. 저들이 내게 어떻게 할까봐 무서운 것보다 절벽 앞에 서면 오금이 저리는 것처럼 가장 원시적인 두려움이 소의 부탁을 온몸으로 거부하고 있었다.

"이이여, 마지막 기회일 수 있소. 건네주기만 하면 되오. 부탁하오."

소의 목소리에서 간절함이 느껴졌다. 나는 눈을 꼭 감고 침을 한 번 삼켰다. 그리고 두 사람을 향해 달려나갔다. 눈을 감은 탓에 거리를 가늠할 수 없어서 그들과 곧 부딪힐 것 같은 아찔한 기분이 들었다. 밤이슬이 내려앉은 풀들이 발등에 감겨 다리까지 휘청거렸다. 넘어질 것 같아 급히 걸음을 멈추고 두 눈을 떴다. 두세 발자국 앞에 멀뚱히 나를 바라보는 두 사람이 있었다.

부광과 눈이 마주쳤다. 오랜 친구 같은, 아니 가족 같은 아주 친숙한 느낌이었다. 처음 본 사람에게 가족 같다는 느낌을 받는다는 게 몹시 이상했지만, 아무튼 그랬다.

부광의 표정을 보아하니 그도 비슷한 느낌을 받은 듯했다. 우리는 서로 멀뚱멀뚱 바라봤다. 이것은 소가 해준 이야기를 믿지 않고는 이해할 수 없는 느낌이었다.

소에게 들은 이야기를 부광에게도 해주고 싶었는데 청년이 단도를 뽑았다.

"넌 누구냐!"

비록 호신용으로 만들어진 짧은 칼이었지만 예리하게 날을 세운 단면이 달빛에 반사돼 위협적으로 보였다.

"이거요….."

작은 호리병을 부광을 향해 내밀었다. 청년은 내게 다가오더니 멱살을 움켜잡고 흔들었다. 호리병이 내 손에서 빠져나갈 듯 위태로웠다. 그는 내 목을 베어버릴 기세로 단도를 들이대면서 내가 누구인지 계속 되물었다.

"유루로, 그 손 놓아라."

부광이었다. 청년의 손에서 벗어난 나는 얼른 호리병을 부광의 손에 쥐여주며 이거 마셔! 외치고 그곳에서 도망쳤다.

유루로라는 청년은 나를 뒤쫓아야 할지 부광을 지켜야 할지 두 가지 임무에서 잠시 갈팡대다가 부광의 옆을 선택했다.

내달리는 등 뒤로 왕자님 그것을 버리십시오, 하는 소리가 들렸다. 부광은 유루로가 그곳에 없는 사람인 것처럼 아무 반응도 하지 않고 천천히 나뭇잎 마개를 열었다. 호리병을 허공에 흔들자 찰랑찰랑 소리가 났다. 부광은 망설임 없이 안에 든 액체를 모두 입안에 털어 넣었다. 몹시 쓴 모양이었다. 힘센 누군가가 두 손으로 부광의 얼굴을 일그러뜨리는 것처럼 그의 얼굴이 사정없이 구겨졌다. 목젖이 위아래로 한번 들썩했고 부광은 곧장 그 자리에 엎어졌다.

유루로라는 청년이 비명을 질렀다. 부광의 손목 맥을 짚었다가, 감은 눈꺼풀을 올렸다가, 몸을 일으켰다가, 땅바닥에 내팽개치고 소리 내서 울다가, 갑자기 일어나더니 부광을 업고 왔던 방향으로 달려갔다. 그의 울음소리가 점점 멀어졌다. 청년은 부광이 독을 마시고 죽었다고 생각하는 듯했다.

나는 달빛이 닿지 않는 나무 뒤에 몸을 숨기고 그 상황을 지켜봤다. 소가 준 것은 아마도 잠에 빠지는 약 같았다. 나는 두 사람이 사라진 것을 확인하고 소가 있는 곳으로 돌아왔다. 소는 두 눈을 감고 잠을 자고 있었다. 나에게 어려운 일을 시키고 잠이나 자다니, 기분이 상해서 소를 흔들어 깨우려 손을 들어 올렸다. 그때 소가 소리쳤다.

"아니 되오!"

나는 깜짝 놀라서 뒷걸음질 쳤다.

"잠을 자는 것이 아니오. 부광의 귀를 열고 오겠소. 그대는 잠시 이곳에서 그 몸을 지키고 있으시오."

내가 꿨던 꿈이 기억났다. 그곳은 아무것도 없지만 모든 것이 있는 가장 완벽한 우주였다. 그러고 보니 굳은살이 있는 손으로 내 뒤통수의 줄을 뽑은 사람은 소가 이야기해준 만월 선생이었다. 생각이 여기까지 미치자 소가 말해준 것을 더이상 의심할 수 없었다.

유루로가 성으로 다시 들어가기 전에 귀를 열어야 했기에 소는 서둘러 부광의 마음속으로 들어갔다.

다른 사람의 마음속으로 들어간다는 것은 결코 쉬운 일이 아니었다. 그곳은 우주만큼 넓어서 쉽게 길을 잃기 때문이다.

나의 우주는 만월선생이 알고 있던 흰둥이의 모습 그대로 약간의 부유물도 없이 맑았다. 빛의 속도로 백억 년을 날아가야 하는 먼 거리도 빛이 온전히 날아가기 때문에 모든 행성의 밤하늘에 별이 셀 수 없이 많았다. 그래서 만월선생이 잠자는 나를 찾는 데 어려움이 없었다.

그렇지만 부광의 우주는 아니었다. 앞으로 나가는 게 무서울 만큼 탁하게 오염돼 있었다. 부광의 우주로 들어온 만월선생은 왜지, 왜 이렇게 됐지, 계속 혼잣말을 했다.

만월선생의 어깨에 무언가가 부딪혔다. 새까만 보석이었다. 만월선생은 이동을 멈추고 고개를 크게 돌려 주변을 훑어봤다. 구름 속에 들어와 있는 듯 사방에 뿌연 물질이 시야를 가렸다. 이따금 소행성 같은 것이 빠르게 주변을 지나기도 했다. 그것은 만월선생을 위협하듯 점점 더 자주 모습을 드러냈다. 한 번이라도 스치면 영원히 부광의 우주에 갇히게 될 수도 있었다.

'어쩌지….' 이번이 마지막 기회라는 것을 그녀도 알고 있었다. 누구든지 나이가 들면 마음의 문을 닫기 때문이다. 이후에는 물리적인 방법밖에 없었다.

오염된 우주를 보느라 잠시 깜빡했다. 곧 부광이 성에 도착할 시간이었다. 시간을 더 들여서 부광의 귀를 여는 데 성공한다 쳐도, 도모로 둘러싸인 성 안에 들어가게 되면 만월선생은 성에 갇히게 된다.

결국 그녀에게 주어진 문제의 답은 하나뿐이었다. 만월선생은 낼 수 있는 최대의 속력으로 왔던 길을 되돌아갔다. 빛보다 빠른 속도였다. 들어온 곳으로 겨우 돌아왔지만 문이 보이지 않았다. 그녀는 가까운 곳을 뱅글뱅글 돌며 문을 찾았다. '벌써 성 안으로 들어간 걸까?' 만월선생은 저도 모르게 엄지손톱 끝을 물어뜯었다. 이때, 검은색 보석이 막고 있는 문의 귀퉁이가 보였다. 보석은 너무 커서 하나의 행성 같았다. 그녀는 남아 있는 모든 힘을 끌어모아서 그 보석을 깨부쉈다. 강한 빛과 함께 작은 조각으로 흩어진 보석 사이로 문이 보였다.

2

　　　　　부광의 마음속에 다녀온 소는
실패했다고 했다. 매우 슬픈 목소리였다. 곧 눈물을 떨어뜨릴
것 같았다.

　"이제 마음속으로 들어가서 귀를 열 방법은 없소. 유일한
방법은 물리적인 힘으로 뒤통수를 깨는 방법밖에… 아니오,
그러면 미쳐버릴 수도 있소. 하아, 이제는 방법이 없소."

　동이 트려는 듯 여명이 밝아오고 있었다. 우리는 집으로 발
길을 옮겼다.

　그런데 집으로 가는 길에 지나는 사람들이 나를 힐끔 쳐다

봤다. 흰 머리에 어려 보이는 아이 혼자 값비싼 소를 데리고 가니 이상하게 생각하는 것이었다. 소도 그 시선을 느끼고 내게 당부했다.

"이제부터 절대로 다른 사람이 나의 존재를 알게 해서는 안 되오. 명심하시오."

"응, 알겠어."

집에 무사히 도착하고 이불을 꺼내 바닥에 깔았다. 이불 위에 둥근 핏자국이 회색으로 변색돼 있었다. 내가 태어날 때 태반 같은 게 묻은 흔적이었다. 홍구 아줌마가 여러 번 빨았는데도 여전히 자국이 남았고 생선 비린내 같은 것도 났다.

소는 아랑곳없이 그런 이불 위에 몸을 눕히고 곧바로 곯아떨어졌다. 나는 집을 나서며 문에 빗장을 걸고 두어 번 흔들어 본 후에야 홍구 아줌마 집으로 가서 잠을 잤다.

소는 여물과 물을 가져다주면 그것을 먹고 다시 자고, 일어났다가 자세를 고쳐 잡고 다시 자고… 그렇게 잠만 잤다.

소는 삼 일 만에 멀쩡한 자세로 앉았다. 소는 바가지에 담긴 물을 혀로 찍어 마시면서 어쩔 수 없이 우리 둘이 배를 만들어야겠다며 힘들 것이니 마음의 준비를 단단히 하라고 했

다. 그리고 시간이 다소 지체되었으니 얼른 출발해야 한다고
했다.

그렇지 않아도 소의 이야기를 들으며, 소가 내게 배를 만
들러 가자고 하면 어쩌나 속으로 걱정하고 있었다. 그런데 정
말로 가자고 하니 나는 덜컥 무서움이 일어났다. 소의 부탁에
따라 소를 데리고 온 것까지도 후회됐다. 나는 바퀴벌레 발소
리만 한 목소리로 말했다.

"소야, 미안한데, 나는 못 가겠어… 내가 가면 홍구 아줌마
는 혼자 있어야 하잖아."

만약 소에게 사람 같은 얼굴 근육이 있었다면 분명히 침통
한 표정을 지었을 것이다. 소는 한숨을 쉬고 말했다.

"하아… 이이여, 이 일에는 한낱 감정이 끼어들 자리가 없
소. 우리가 지금 배를 만들지 않는다면 땅 위의 생물은 다 죽
게 되오."

소의 말이 이해가 안 된 것은 아니었다. 다만 그 일이 나와
는 상관없는 일처럼 멀게 느껴졌고 무엇보다 나는 무서웠다.
내가 떠나면 아줌마가 극도로 외로운 나머지 성질 고약한 푸
줏간 아저씨와 살림을 차릴 것 같았다. 그러면 아줌마의 인생
이 나로 인해 망가질 것만 같았다.

나는 속으로 소가 납득할 만한 이유를 찾아 헤맸다. 어느새

소가 빈 바가지를 핥고 있었다.

"난 잘 모르겠어. 알지도 못하는 미래 때문에 눈앞에 가족이 슬퍼하는 걸 두고 떠나가는 게 맞는 거야? 내 어머니가 죽고 아줌마는 무척 괴로워하셨어. 만일 나까지 떠난다면 아줌마는 견디지 못하실 거야. 나는 못 가겠어, 미안하지만 너 혼자 가."

이것이 나의 최선이었고 나름대로 만족스러웠다. 소는 답답한 듯 말이 조금 빨라졌다.

"만일 내가 사람 몸으로 태어났다면 그대가 가지 않겠다고 해도 혼자 갈 수 있소. 하지만 소의 몸으로 그 일을 해내는 것은 불가능하오. 섬세한 손이 없고 무엇보다 인간의 말을 할 수 없어서 사람이 찾아오면 대처를 할 수 없잖소."

나는 방금 뱉은 나의 말에 만족스러워서 남 이야기 하듯 무책임하게 던져 말했다.

"그러면 부광의 마음에 다시 들어가 봐."

소는 더 이상 대답하지 않고 바닥에 앉아 고개를 뒷발 사이에 넣고 눈을 감았다.

다음날 내가 여물과 물 한 바가지를 가지고 올 때까지도 소는 꼼짝도 하지 않고 그대로 있었다. 내가 소의 앞에 여물과 물 한 바가지를 발 앞에 내려놓자 소는 눈을 뜨더니 천천히 몸을 일으켰다. 여물과 물에는 시선을 주지 않고 기력 없는 목소리로 내게 말했다.

"비가 내리면 이 땅 위의 생물은 다 죽소. 나는 모두를 구하지는 못하겠지만 일부라도 살리려고 애써 이곳으로 돌아왔소. 걱정 없는 편한 삶을 마다하고 말이오. 그런데 그대가 가지 않겠다고 하면 결국 배는 만들 수 없게 되고 내가 이곳에 온 것도 아무런 의미가 없소. 그러니 나는 그냥 지금 돌아가겠소."

소가 뿔로 문을 밀치자 나무로 된 문이 종잇장처럼 찢어졌다. 나는 방 안에 잠시 동안 가만히 서서 '돌아간다'는 말의 뜻을 이해하려 애썼다. 집 밖으로 나간 소의 모습이 어느새 시야에서 사라졌다. 나는 그 말이 죽음을 의미한다는 것을 깨닫고 부리나케 소의 뒤를 쫓아갔다.

"소야! 소야!"

대답이 없었다. 멀지 않은 절벽 근처에 검은 물체의 움직임이 보였다.

"안돼!"

소리치며 소에게 달려갔다.

"소야, 안 돼, 죽지 마."

"이이여, 이미 너무나 많은 시간을 허비했소. 곧 비가 내린다는 것을 나는 알고 있소. 더이상 시간을 미루는 것은 이미 실패한 것과 같지. 그토록 그녀가 걱정되면 작은 배라도 만드시오. 작은 배가 구름에 닿을 만큼 높은 파도를 견딜 수 있을지는 모르겠지만… 그럼 이만 나는 가겠소.”

소는 벌써 땅의 끝자락에 서 있었다. 벼랑 끝에 있는 것은 소였지만 내가 그곳에 간신히 서 있는 느낌이었다.

“그러면 나더러 어떡하라고!”

나는 발악하듯 소리쳤다. 어쩌면 내 인생에서 가장 큰 목소리를 낸 순간이었다. 소는 비로소 고개를 돌려 나와 눈을 마주쳤다.

“그렇다면 이이여, 이것은 어떻소. 배가 완성된 후에 그녀를 데리러 오시오. 그러면 땅 위의 생명도 살리고 그녀도 살릴 수 있지 않겠소?”

나는 훌쩍거리며 고개를 끄덕였다. 옷소매로 눈물을 닦는 내게로 소가 다가와 부드러운 콧등을 내 아래턱과 볼에 비볐다.

돌이켜 생각해보면 그곳은 낮은 언덕으로, 떨어져도 죽을 만한 높이가 아니었다.

나는 홍구 아줌마에게 소와 대화한다는 사실과 지난 삶의 이야기, 다가올 미래… 이런 것들을 설명할 자신이 없었다. 사실대로 이야기했을 때 아줌마가 무슨 말을 할지 가늠조차 되지 않았다. 어쩌면 내가 미쳤다고 여기고 방 안에 가두어 빗장을 잠글 수도 있고, 정신 차리라며 매질을 할 수도 있다고 생각했다. 만일 아줌마가 나를 못 가게 붙잡는다면 나는 꼼짝없이 붙들릴 것 같았다.

어머니 뱃속에서 81년을 살았고, 태어나면서부터 말을 했지만 사실 나는 어려운 고비 한 번을 넘겨 본 적 없는 소심하고 유약한 아이였다. 내게 이 일은 결코 넘을 수 없는 성벽으로 느껴졌다.

홍구 아줌마는 생선 가시를 바르고 있었다. 그것이 목구멍에 얼마나 위협적인지 아줌마 미간에 잡힌 주름이 말해줬다.

"만약 내가 아줌마를 떠나게 된다면 어떡할 거예요?"

아줌마는 팔의 무게에 어깨가 아팠는지 잠시 팔을 늘어뜨리고 시큰둥하게 대답했다.

"그러면 목매달고 확 죽어버려야지. 왜 어디 가게?"

아줌마는 다시 생선 가시 바르는 일에 집중했다. 나는 어찌할 바를 모르고 숟가락만 만지작거렸다. 아줌마는 나의 행동과 뜬금없는 질문을 이상하다 느꼈던지 젓가락을 놓고 나를 추궁하기 시작했다.

"너 왜 그래, 무슨 일 있지? 아줌마한테 얘기해야지. 네가 갑자기 떠난다고 하면 아줌마가 불안해지잖아. 말해봐. 무슨 일인데?"

나는 소와 대화하는 것부터 지난 삶 그리고 앞으로 벌어질 일에 대해 모두 이야기했다. 무엇보다 배가 완성되면 반드시 아줌마를 데리고 올 것이라고 강조했다. 역시나 아줌마는 내 얘기를 믿지 못했다. 그녀는 다시 젓가락을 들고 가시 바르는 일에 집중했다.

아줌마를 믿게 할 방법은 소를 보여주는 방법밖에 없다고 생각했다. 나는 아줌마에게서 젓가락을 빼앗고 손목을 잡아 끌었다.

내가 태어난 집. 홍구 아줌마가 두 손을 들어 나를 받았던 그 집 그 이불 위에 배를 깔고 누워 있는 검정 소를 본 홍구 아줌마는 양손으로 입을 가리고 '어머머'를 연발했다.

"어머머, 이이야, 이게 무슨 일이니. 진짜 소가 있네. 어머머."

아줌마가 놀란 이유는 송아지 한 마리가 밭 두 마지기와 교환됐고 노예시장에서 젊은 남자 두 명과도 교환될 만큼 값비싼 가축이었기 때문이다. 아줌마가 가난하게 살긴 했어도 돈 때문에 소를 팔 만큼 몰인정한 사람은 아니었다. 다만 값비싼 소가 눈앞에 있으니 깜짝 놀랄 수밖에 없었을 것이다.

"어머머, 애, 너 이 소 어디서 난 거니? 설마 훔친 거야?"

아줌마의 질문에 나는 몹시 당황했다. 소의 부탁을 들어준 것이지만 사실 따지고 보면 훔친 게 맞지 않은가.

내가 아줌마의 질문에 대답하지 못하고 있을 때 소가 몸을 일으켰다. 갑작스러운 아줌마의 등장으로 소도 당황한 기색이 역력했다.

"이이여, 지금 이게 무슨 짓이오. 내 존재가 알려지면 안 된다고 말했잖소. 더구나 이 자가 우리의 얘기를 믿어줄 것 같소? 이 여자 눈에는 내가 밭일하는 소와 조금도 다르지 않단 말이오."

소는 안절부절 못하며 가만히 서 있지를 못했다. 소를 안심시킬 만한 말이 필요했다.

"소야 괜찮아. 내가 수십 년째 아줌마를 보고 있는데 믿을 만한 분이야. 나처럼 너를 아껴주실 거야. 걱정하지 않아도 돼."

이때 홍구 아줌마가 메마른 어조로 말했다.

"얘, 우리 이 소 팔자."

그 순간 소는 큰 눈알을 부릅뜨면서 나와 홍구 아줌마를 밀치고 밖으로 뛰쳐나갔다. 언덕에서 굴러떨어지는 바위 같은 힘에 밀쳐져 나와 아줌마는 벽에 달라붙었다.

떨리는 목소리로 내가 간신히 말했다.

"소가 다 알아들어요⋯."

집으로 돌아와 소를 어디서 어떻게 데리고 왔는지 다시 추궁을 들어야 했다. 결국 모든 것을 사실대로 이야기했지만 홍구 아줌마는 내 말을 어디까지 믿어야 할지 고민하는 눈치였다.

홍구 아줌마는 좋은 사람이었지만 보통 사람이었고 나와 같은 시각으로 소를 봐달라는 것은 어쩌면 내 욕심이었다.

잠자리에 누웠을 때 소의 목소리가 들렸다.

"그대 심정을 이해하오. 믿지 않는 사람을 이해시키기가 쉽지 않았겠지. 그녀에게 꼭 데리러 오겠다는 편지를 남기고 나오시오. 나는 지금 문밖에 있소."

나는 소의 말대로 잠든 아줌마 머리맡에 편지 한 통을 남기고 집을 나섰다.

3

예전 검(劍) 나라 영토였을 때
붙인 지명이 그대로 남아 있는 검나루는 나 나라의 북서쪽
끝자락에 있는 영토였다. 검나루는 나 나라의 수도에서 멀리
떨어진 탓에 이름조차 바꾸지 않을 만큼 나왕의 관심 밖에
있었다. 나왕뿐만 아니라 누구도 그곳에 관심이 없었다. 게다
가 맹수들이 우글대는 원시림이라서 검나루에는 사람이 살
지 않았다. 그 덕분에 배의 재료가 될 큰 나무가 많은 곳이기
도 했다.

우리는 이틀을 걸었다. 내가 힘들다고 떼를 쓰면 소는 타시

오, 하면서 등을 내어줬다. 소의 몸은 따듯하고 부드러웠다. 그래서 밤에 잠을 잘 때도 소의 다리나 배를 베고 잤다. 꼭 홍구 아줌마의 품처럼 포근했다.

검나루를 찾아가는 길은 힘들고 지루했지만 어렵지는 않았다. 멀리 보이는 노파산 봉우리만 보면서 잘 따라가면 됐다. 노파산 정상은 구름을 뚫고 솟아 있을 만큼 높아서 나 나라에서는 어디서든 잘 보였다. 내가 얼마나 더 가야 도착하느냐고 칭얼대면 소는 저기 노파산 아래에 붙어 있으니 다 왔소, 라고만 했다. 언제 물어도 항상 똑같은 대답만 했다. 그래서 나중에는 아예 묻지 않았다.

과연 소와 둘이서 배를 만드는 것이 가능할까 늘 의심을 했었다. 나는 또래 아이들보다도 체격이 작았고 소는 크고 힘이 세지만 손이 없었다. 그런데 검나루에 도착했을 때 나의 걱정이 무색해질 만한 광경이 눈앞에 펼쳐졌다. 코끼리와 하마, 붉은 곰, 멧돼지, 바다삵(비버), 딱따구리 등 셀 수 없이 많은 동물이 소의 부름으로 모여든 것이다. 소는 모든 동물과 대화할 수 있었다. 아마도 이 때문에 사람이 아닌 소로 태어났구나 싶었다.

우리는 바다 앞에 자리를 잡았고 그곳에서부터 큰 나무를 하나씩 잘랐다. 처음에는 손발이 잘 맞지 않았다. 붉은 곰이 쓰러지는 나무에 깔려 크게 다칠 뻔한 적도 있었고 동선이 겹친 탓에 다람쥐가 기린 발에 차여서 뼈가 부러지기도 했다. 우리는 조금 천천히 하더라도 안전하게 일을 하기로 했다. 소만이 모든 동물과 소통할 수 있어서 일의 진행이 느렸지만 아무도 다치지 않는 것이 무엇보다 중요했다.

딱따구리와 바다삵이 커다란 나무의 밑동을 반 정도 파내면 반대편에서 코끼리가 나무를 밀어 부러뜨렸다. 이때는 모든 동물이 그 장소에서 벗어나 코끼리의 놀라운 힘을 함께 구경했다. 커다란 나무가 바닥에 완전히 누우면 수백 마리의 다람쥐가 나무에 달라붙어서 앞니로 잔가지를 잘라냈다. 큰 통나무를 토막 내는 것은 원숭이들이었다. 원숭이는 사람처럼 손도끼를 하나씩 들고 나무를 찍었다. 그렇게 토막 난 나무를 하마가 밀어 옮겼다. 기린이 나무를 들어 배의 골격을 세웠고 나는 작은 동물들이 엮어준 새끼줄로 나무와 나무를 묶는 일을 했다. 고되고 지루했지만 동물들은 성실하고 부지런하게 주어진 일을 해냈다.

동물들을 처음 만났을 때 나는 멀찍이 떨어져 있었다. 실제 거리가 아니라 나와 같은 생명체로 느껴지지가 않아서 마음의 거리를 두고 다가서지 않았다. 말도 통하지 않는 데다 모습도 다르고 온몸에 털이 났고, 네 발로 걷는 동물들이 괴상하고 무섭게 느껴졌다. 하지만 시간이 지나면서 동물들에게 어떤 생명력을 느낄 수 있었다. 모습이 다르고 말이 통하지 않을 뿐 동물들도 사람처럼 살아 숨 쉬며 아파하고 슬퍼하고 기뻐하고 힘들어서 가끔은 짜증도 내고 게으름도 부린다는 것을 알았다. 언제부터인가 다른 언어를 사용하는 이방인 정도로 느껴져서 독특한 행동이나 소리로 서로를 웃겼다. 들쥐들은 내가 부엉이 흉내를 내는 것을 보면 저들끼리 찍찍거리며 웃었고, 사슴들은 내가 늑대처럼 네발로 기며 엉덩이를 흔들면 우습다고 앞다리를 폴짝폴짝 들었다.

서늘한 밤공기에 기분이 좋아진 어느 날 소의 배에 머리를 기대고 누워서 고백했다.

"소야, 나 사실 동물 중에서 사람이 가장 똑똑하니까 사람만이 특별하다고 생각했었어. 시장 아저씨, 아줌마들도 그렇게 말했었고. 그런데 이제 아니란 걸 알았어. 사람의 똑똑함은 딱따구리 부리처럼 일할 때 쓰는 거지 지배하는 데 쓰려고 있는 게 아니었어."

소가 기특하다는 듯이 부드럽게 웃었다.

"허허, 그대도 이제 제법 선생 같소."

소는 고개를 돌려 검나루를 가득 메운 동물들을 둘러 바라봤다. 수많은 동물이 종의 구분 없이 뒤섞여 잠에 빠져 있었다.

"마음이 아프지 않소? 지돈 씨 한 사람의 이기적인 생각으로 인해서 이렇게나 많은 생물이 사람을 위해 태어나 살고 죽는 물건이 되었소."

"그런데 지돈 씨는 왜 그런 거야?"

"스스로 높아질 수가 없으니 다른 이를 낮춘 것이오. 정말 안타까운 것은 지돈 씨의 생각이 마치 정답처럼 전해져서 사람들의 생각에 깊이 뿌리내렸다는 것이오. 그대가 자신도 모르게 영향을 받았던 것처럼 말이오."

검나루는 검 나라와 나 나라의 국경 지역으로 두 나라를 오가는 보따리 상인의 지름길이기도 했다.

그중 삼 개월에 한 번씩 검나루를 지나는 상인 한 명과 인사를 나눌 만큼 친분이 생겼다. 그는 매번 수레에 물건이 넘치도록 싣고 다녔는데 떨어지는 물건을 줍느라 말에 타지 못하고 항상 말의 뒤를 따라서 걸었다. 어느 날 그가 내게 다가와 넋두리하듯 말을 붙였다.

"이보시오, 흰머리 양반. 나는 검 나라와 나 나라를 오가며 장사를 하는데, 두 나라 거리가 걸어서 꼬박 삼 개월이나 걸려서 단 하루도 쉬는 날이 없수. 내가 아주 힘들어 못 살겠수다. 짐은 또 어찌나 많은지… 다른 사람들은 내가 열심히 산다고 칭찬을 하던데, 나는 잘 모르겠수다. 그대 생각에 어떻게 살아야 잘사는 거라고 할 수 있겠수?"

옆에서 그의 말을 듣고 있던 소가 나에게 말을 전하도록 했다.

"아저씨는 이름과 몸, 둘 중 하나를 고르라면 어떤 것을 선택하시겠어요?"

"음… 둘 중에 꼭 하나만 고르라면 몸이 있어야 이름이 있는 것이니 몸을 선택하겠수."

"그러면 몸과 돈, 둘 중 하나를 선택하라고 하면요?"

"몸도 중요하지만 우선 돈을 벌어야 몸을 챙기지 않겠수? 돈 없으면 굶게 될 테니 말이오."

"돈이 많아도 몸이 병들면 무슨 소용이 있어요? 걸어서 삼 개월이나 되는 거리를 단 하루도 쉬지 않으면서 매번 짐을 한가득 싣고 다니면 누구라도 병에 들어요. 지금보다 짐의 양과 횟수를 줄인다면 굶게 되시나요?"

"굶지는 않지만 돈은 많이 벌수록 좋은 것 아니겠수."

"집착은 마음을 상하게 하고, 필요 이상의 재산은 몸을 상하게 해요. 만족할 줄 아는 마음이 오래오래 잘살게 해주는 아저씨의 약이 될 거예요."•

상인은 동그란 눈으로 잠시 나를 바라봤다. 표정을 보아하니 무언가를 깨우친 듯했다. 상인은 내 손을 잡고 "고맙수다"를 몇 번 반복한 후 검나라로 갔다. 수레에서 물건들이 떨어졌지만 그는 줍지 않았다.

끈적거리는 더위에 지쳐 있던 어느 여름, 한 돈 많은 부자가 당나귀를 타고 검나루에 왔다. 그의 몸은 살찔 곳을 찾아 헤매다가 겨우 참외 배꼽을 발견한 듯 그곳까지 통통했다. 그는 나를 알고 찾아왔다.

"검나루에 흰 머리 총각이 동물을 많이 키운다더니, 진짜

• 노자 〈도덕경〉 44장
이름과 몸 중에서 어느 것이 더 친근한 것인가(名與身孰親).
몸과 재화 중에서 어느 것이 더 귀중한 것인가(身與貨孰多).
얻음과 잃음 중에서 어느 것이 더 나에게 해로운가(得與亡孰病).
이렇기 때문에 지나치게 애착을 가지면 반드시 크게 소모되고(是故 , 甚愛必大費)
많이 가지면 반드시 크게 잃는다(多藏必厚(多)亡).
그러므로 만족을 알면 욕됨이 없고, 멈출 줄 알면 위태롭지 않으니, 오래 갈 수 있다
(故, 知足不辱 知止不殆 可以長久).

구면."

　주인이 등에서 내리자 당나귀는 무너지듯 자리에 주저앉았다. 나를 향해 뒤뚱뒤뚱 걸어오는 그의 모습이 마치 펭귄 같았다. 그가 말했다.

　"나는 돈이 아주 많아. 세상의 모든 물건을 살 수 있지. 암, 그렇고말고. 보따리 상인에게 들었다. 너 다양한 동물을 키운다며? 나도 너처럼 동물을 좋아해. 내가 돈을 많이 줄게. 네가 키우는 동물들 모두 나에게 팔아라. 그러면 특별히 내 동물원 구경도 시켜 줄게. 아주 재미있을 거야."

　나는 그의 말투와 모습이 우스꽝스러워 대화를 더 하고 싶었다.

　"얼마나 줄 수 있는데요?"

　"말만 해, 네가 원하는 대로 다 줄 수 있어. 나는 돈이 아주 많아."

　"그런데 아저씨가 타고 온 당나귀는 안 비싸 보이는데요? 게다가 아저씨는 윗옷도 안 입었잖아요. 아저씨 돈 많은 거 맞아요?"

　"멍청아! 이렇게 입는 게 최신 유행이야. 아무것도 모르면서…."

　웃음을 참느라 애쓰고 있을 때 소가 다가왔다.

"이이여, 장난은 그만하소. 저자는 한심하게도 세상의 이치를 돈이라고 믿고 있소. 내가 하는 말을 전하시오."

나는 그에게 소의 말을 전달했다.

"잘못 알고 있소. 아니, 잘못 알고 있어요. 아저씨는 사실 가진 게 하나도 없어요. 저기 있는 당나귀도 아저씨 것이 아니에요."

부자 펭귄은 기분이 상했는지 정색하며 말했다.

"무슨 말이야. 내 것이 아니라니! 저 당나귀는 세상에 네 마리밖에 안 남은 회색 당나귀와 왕실에서만 키운다는 큰머리 당나귀를 내가 직접 교배시켜서 받은 귀한 녀석이야. 그러니 당연히 내 것이지!"

"세상의 모든 것은 스스로 만들어지고 알아서 자라는 거예요. 그 과정에 잠시 개입했다고 해서 주인이 아니에요. 감히 주인 노릇을 해서도 안 되고요."•

그는 미간을 좁히며 난생 처음 듣는 말을 이해하기 위해

• 노자 〈도덕경〉 34장
큰 도는 넓어서 왼쪽도 오른쪽도 (어디든지) 모두 포함된다(大道氾兮 其可左右).
만물은 그것을 의지해 생겨났지만 (도는) 아무런 말도 하지 않고, 공을 세우고도 명성을 얻으려 하지 않는다(萬物恃之而生而不辭 功成不(名)有).
(도는) 만물을 입혀주고 길러주면서도 주인 노릇을 하려 하지 않는다(衣養萬物而不爲主).

애를 썼다. 하지만 결국 이해가 되지 않은 듯했다.

"내가 저 녀석을 얼마나 아끼고 사랑하는데! 가난한 집 나귀는 평생에 한 번도 못 먹을 비싼 여물을 나는 매일 사준다구!"

"아저씨는 당나귀에게 풀을 사준 적이 없어요. 아저씨는 그 풀의 햇빛이 되어준 적도 없고 빗물이 되어준 적도 없어요. 그건 아저씨가 할 수 있는 일이 아니에요. 자연이 하는 일이죠. 아저씨가 정말로 풀을 사서 당나귀에게 주었다고 하려면 그 돈을 농부나 상인이 아닌 자연에게 주어야 해요. 그랬나요?"

부자는 당황한 듯 제자리에서 한 발짝 물러났다.

"이건 여물만을 말하는 게 아니에요. 이 세상에 아저씨 것은 단 한 개도 없어요. 아저씨가 '내 것'이라 여기는 것들은 모두 자연에게 잠시 빌려 쓰고 있는 거예요."

이제 부자는 거의 울상이 되어 있었다. 그는 처진 어깨로 아무런 말 없이 돌아갔다. 당나귀를 타지 않고서.

어느 날 한 사내가 날아서 내 발 앞에 떨어졌다. 양쪽 귀가 없는 사내였다. 정확히 말하자면 귓구멍만 있고 귓바퀴가 없는 사내였다. 머리통이 막대기에 천 쪼가리를 말아놓은 횃불 같은 모습이었다.

귀 없는 사내는 손도끼로 새끼 멧돼지를 잡으려 하다가 코끼리의 상아에 받혀 내 앞까지 날아온 것이다.

귀 없는 사내를 내 앞으로 날려 버린 코끼리는 새끼 멧돼지에게 '다른 곳으로 가서 놀아'라고 하는 듯 긴 코로 새끼 멧돼지의 엉덩이를 살살 한쪽으로 밀었다.

다행히 귀 없는 사내는 다친 곳이 없는 듯했다. 그는 고개를 돌려 코끼리가 쫓아오지 않는 것을 확인하고 나서야 앓는 소리를 내며 몸을 일으켰다.

"아이고 죽을 뻔했네… 여기는 뭐 하는 곳인데 동물이 이렇게 많은 거예요?"

"그냥 이런저런 일을 하고 있습니다. 그러기에 왜 가만히 있는 동물을 공격해요."

"너무 배가 고파서 그래요. 며칠째 아무것도 못 먹었어요. 먹을 것 있으면 조금 나눠 주세요."

나는 가지고 있던 산딸기 몇 개를 그에게 주었다. 그는 코끼리에게 받힌 옆구리를 주물럭거리며 허겁지겁 산딸기를 먹었다.

"나는 한영국(韓英國)에서 나국의 병사가 되려고 왔어요."

"한영이면 먼 나라인데 거기서 여기까지 걸어왔어요?"

"나는 평생을 사람들에게 무시 받고 살았어요. 그래서 능력만 보는 군사가 되기로 했어요. 살펴보니 전국 여섯 개 나라 중 군사 대우는 나 나라가 제일이라서 여기까지 걸어왔어요. 사내는 자로고 줄을 잘 서야 해요. 내가 보기에 나 나라가 천하를 취할 것입니다. 두고 보세요."

나는 그의 생각에 동의하지 않아 대답하지 않았다. 그리고 내가 가진 산딸기를 모두 그에게 주며 동물을 공격하지 않겠다는 다짐을 받고서야 가는 길을 열어줬다.

늦은 밤이 되어 낮에 있던 일을 소에게 말하자, 소는 차분한 목소리로 이야기 하나를 들려줬다.

"옛날에 구름 사냥꾼이라는 사람이 있었소. 하지만 그는 한 번도 구름을 잡아본 적이 없는 사냥꾼이었지. 구름은 움켜쥐면 빠져나가니 당연한 것 아니겠소. 그는 구름 잡는 방법을 배우기 위해서 구름을 타고 다닌다는 구름선인을 찾아갔소. 어렵게 찾은 선인은 과연 구름 위에 앉아 있었지. 사냥꾼이 말했소. '구름선인님, 저도 구름을 잡고 싶습니다. 저에게 구름 잡는 방법을 알려주세요.' 사냥꾼의 부탁에 선인이 뭐라고 했겠소?"

나는 가로로 고개를 저었다.

"신선이 온화한 미소를 지으며 그에게 다가가 귓속말을 했소. '꿈 깨.' 내 생각에 세상은 신비로운 그릇이라서 구름을 잡는 것처럼 해낼 수 없는 일이오."•

• 노자 〈도덕경〉 29장
장차 천하를 취하려 한다면, 내가 보기에 그것은 해내지 못할 일이다(將欲取天下而
爲之 吾見其不得已).
천하는 신비로운 그릇이어서 인위적으로 취할 수 없다(天下神器 不可爲也).
인위적으로 해내려고 하는 자는 실패하게 되고, 집착하는 자는 잃게 된다(爲者敗之
執者失之).

4

우리는 꼬박 19년 만에 성채
만 한 크기의 배를 완성했다. 검나루에 있는 64개의 산을 모
두 대머리로 만든 결과였다.

배가 완성되자마자 동물들이 모였다. 소가 미리 계획해
둔 것 같았다. 매일 셀 수 없이 많은 동물이 배 안으로 밀려
들었고, 그들에게 적절한 자리를 배정해 주는 것이 내 역할
이었다.

성만큼 큰 배였지만 동물들의 무게도 대단히 무거웠기 때
문에 배의 무게중심을 고려해서 자리를 배치해야 했다. 체중

이 무거운 큰 종(種)은 아래층 가운데 앉히고 작은 종일수록 가장자리에 앉도록 했다. 매일매일 손톱만 한 개구리부터 집 한 채만 한 코끼리까지 다양한 종류의 육지 생물이 배 안에 자리잡았다. 가장 마지막에 도착한 동물은 나무늘보였다. 소가 말하길 이곳에 모인 동물 중 나무늘보가 가장 먼저 출발했다고 했다. 나는 나무늘보를 안아서 여우 옆자리에 눕히고 소에게 가서 말했다.

"소야, 이제 동물들이 다 도착한 것 같은데 나는 가서 홍구 아줌마를 데리고 올게."

"그렇지 않아도 그 말을 하려던 참이었소. 시간이 많지 않으니 빨리 다녀오시오. 나는 그대가 돌아올 때까지 동물들을 잠재우고 있겠소."

5

부광 왕자의 잔인한 성격은 어렸을 적부터 드러났다. 사람들은 아버지를 닮은 것이라고 했다. 자신을 닮았다는 주변의 평가를 들은 나 왕은 부광 왕자가 자신을 닮아 영민하다고 해석했다. 그 때문인지 나 왕은 다른 왕자들보다 부광 왕자를 더 챙겼다. 나 나라에서 가장 학식이 높다는 학자를 데려와 부광을 교육시킨 것도 같은 이유에서였다. 그는 현자 지돈의 뜻을 이었다는 저명한 학자였다.

그러나 부광은 학자와 공부할 때면 차라리 창밖의 나뭇잎을 세며 시간을 보냈다. 학자는 읽는 것이 매우 느렸고 남은 이빨 사이로 하얀 혀를 보이며 '에'하는 소리를 냈다. 게다가 두어 개 남은 치아 사이로 발음이 모두 빠져나가 도통 알아들을 수 없었다.

학자가 〈나국(拿國)의 역사〉라는 책을 읽었다.

"에… 그러니까 말이에요. 부광 왕자. 에… 지금으로부터 이백 년 전에 바하신께서 유수국이라는 나라를 흡수했어요. 에… 그러니까, 거기는 탐욕과 욕정에 눈이 먼 여왕이 지배하는 나라였어요. 에… 백성은 무지했어요. 에… 바하께서는 유수국 백성을 불쌍히 여기시고 친히 그 나라로 가서, 에… 마녀를, 그러니까 유수국 여왕을 죽이셨지요. 에… 바하께서 나나라로 돌아오시고 유수국 백성은 갈피를 잃었어요. 에… 오랜 세월 마녀에게 착취당했으니 아는 게 하나도 없었죠. 에… 그래서 그들은 바하신을 찾아갔어요. 에… 그들은 가진 땅과 곡식을 모두 바하께 바치면서 자신들을 거둬달라고 했어요. 에… 바하신은 욕심이 없었기에 곡식을 두 배로 돌려주고 유수국을 비옥하게 만들어줬지요. 에… 바하께서 그곳을 부광이라고 이름 붙였어요. 에… 맞아요. 부광 왕자의 이름을 그곳에서 따온 것이죠. 에… 지금은 정(酊)나라의 영토지만요. 에… 부광 왕자가 장성해서 탈환해야 할 땅이지요. 에… 감히

신의 영토를 침범하다니 정나라 놈들은 모조리 죽어 마땅합
니다."

학자는 별안간 얼굴이 벌게지더니 화를 냈다.

"현자 지돈 씨께서 그러셨어요. 에⋯ 바하신이 계셨기에
우리가 사람처럼 살 수 있다고. 에⋯ 그런 은혜도 모르는 정
나라 놈들은 산속에 사는 미물만도 못한 존재들입니다."

학자는 주먹을 말아 쥐더니 곧 부들부들 떨었다.

나 왕이 부광 왕자를 불렀다. 아버지였지만 한 해에 얼굴을
두어 번 보는 게 고작이었다. 그만큼 흔치 않은 일이었기에
부광은 속으로 긴장했다. 부광을 본 나 왕은 반색하며 칭찬을
늘어놓았다.

"왕자 같은 인물이 나의 왕자가 된 것은 바하신께서 나를
아낀 덕분이도다. 하하하."

왕이 웃을 때 뱃살이 잔잔하게 출렁거렸지만 부광은 못 본
체했다. 뱃살은 그렇다 치더라도 앞니 사이에 낀 고깃덩이가
계속 눈에 거슬렸다.

왕은 부광 왕자의 뛰어난 무예 실력을 인정한다며 다시 한
번 웃었다. 그의 웃음소리를 타고 부패한 돼지고기 냄새가 나

는 것 같았다. 웃음이 없고 잔인하기로 소문난 왕이었다. 부광은 그의 호의적인 태도가 오히려 더 불안하게 느껴졌다.

왕은 줄 것이 있다면서 시녀를 통해 작은 두루마리 하나를 건넸다. 두루마리는 붉은 끈으로 묶여 있었고 그것은 곧 명령을 의미했다.

시녀는 부광의 코앞까지 다가와 무릎을 굽혀 최대한 낮은 자세를 취했다. 그리고 두루마리를 머리 위로 치켜 받들었다. 지나치게 형식적이고 불편한 모습이었다.

부광은 헛기침을 한 번 하고 시녀에게서 그것을 받아 펼쳤다. 정(酊)나라 토벌에 나서라는 명령서였다. 부광의 표정이 뻣뻣해졌다. 왜냐하면 주어진 병력이 대장군 한 명과 보병 삼천 명이 전부였기 때문이다. 명령서를 모두 읽고 고개를 들어 올리자 왕이 말했다. 본연의 소름 돋는 말투였다.

"시험이다, 부광 왕자. 이제 네놈의 이름값을 하라. 부광을 탈환한다면 이 자리를 맡겨도 좋겠다고 생각하겠노라."

왕좌에 욕심이 있는 왕자라면 강력한 동기가 될 말이었다. 부광은 자신의 심장 박동이 얇은 옷을 떨리게 하는 것을 느꼈다. 부광은 무릎을 꿇고 크게 소리쳤다.

"받들겠습니다!"

두루마리를 들고 침소로 돌아온 부광은 눈앞이 캄캄해졌다. 정나라는 북쪽에 이웃한 나라로 강력한 기마군단이 있다. 부광에게 주어진 보병 삼천 명은 정나라 기마군단이 그냥 밟고 지나면 되는 잡초 같은 존재였다.

보잘것없는 병력으로 쳐들어가는 것은 자살 행위였고 그렇다고 병력 지원을 요청하는 것은 수치스러운 일이었다. 부광은 가슴이 답답해지는 것을 느끼고 탁자 위에 놓인 독한 술을 따라 마셨다. 몸이 뜨겁게 달아올랐다. 술 때문이 아니었다. 왕좌에 오르고 싶은 욕망 때문이었다.

6

　　나는 홍구 아줌마에게 가는 길
을 서둘렀다. 19년 만에 만나는 것이었다. 몹시 긴장되었다.
첫마디는 무슨 말로 해야 좋을까… 미안하다고 해야 할지, 아
니면 태연히 다녀왔습니다, 해야 할지. 고민이었다. 아줌마가
나를 보고 어떤 반응을 보일까. 아줌마가 울면 나도 따라서
울게 될 것 같은데. 그러면 어떡하지… 내가 많이 커서 나를
못 알아보지는 않을까. 홍구 아줌마를 생각하는 것만으로 눈
알이 뜨거워졌다.
　동물을 좋아하지 않는 아줌마를 위해서 소 몰래 배의 후미

에 작은 방을 마련해두었다. 독립된 공간으로 비교적 깨끗한 곳이었다. 내가 아줌마를 위해 해줄 수 있는 최대의 배려였다.

소가 예견한 대로 곧 큰 비가 내릴 것 같았다. 구름이 엄청난 비를 숨기고 있는 듯 햇빛이 들지 않았다. 마지막으로 동그란 해를 본 게 몇 개월 전이었다. 하늘의 구름이 땅으로 흘러넘쳐서 이른 아침이면 내 손조차도 보이지 않을 만큼 짙은 안개가 끼었다. 높은 습도 탓에 조금만 움직여도 옷이 젖었고 손바닥으로 정수리를 누르면 머리카락에 맺힌 물방울이 모여서 쪼르륵 흘러내렸다. 빈 그릇을 밖에 두면 잠시 후 물이 고여 있는 것도 볼 수 있었다.

잠을 자도 습도가 높은 탓에 자갈 위에서 잔 것처럼 몸 구석구석이 쑤셨고 힘을 낼 수 없었다. 하지만 내가 겪는 문제는 건조한 지역에서 온 동물과 비교하면 아무것도 아니었다. 낙타는 폐에 물이 찼고, 사막여우는 습한 환경을 도통 견디지 못하고 연신 구토와 기침을 해댔다. 소는 임시방편으로 참나무 숯을 만들어 고통을 호소하는 동물들에게 먹였다. 상태가 호전되지는 않았지만 더 이상 악화되지 않는 것만으로 감사해야 했다.

소는 걱정스러운 눈으로 동물들을 바라봤다. 비가 오려면 아직 며칠이 더 지나야 했고 이렇듯 높은 습도는 비가 내려도 한동안 계속될 것이었다. 소는 건조한 지역에서 온 동물을 먼저 재우기로 했다. 수면 중에 호흡이 불편하면 자칫 위험한 일이 생길 수 있지만, 할 수 있는 게 없는 지금으로서는 잠을 재우는 것이 최선이었다.

소는 낙타가 자다가 숨이 막혀 죽는 일이 없도록 사선으로 눕게 했다. 그러고는 낙타에게 다가가 가볍게 코를 부딪쳤다. 코가 닿는 동시에 낙타의 큰 눈썹이 눈알 곡면을 따라 내려가 닫혔다. 다행스럽게도 잠 든 낙타의 호흡이 어느 정도 안정되었다.

사막 지역에서 온 동물들 외에도 많은 동물들에게서 털이 빠지거나 구토 증상이 나타났다. 그럴수록 소와 나의 불안감은 커질 수밖에 없었다.

나는 걸음을 재촉했다. 다만 안개로 인해 앞이 잘 보이지 않아 빨리 걷는 게 최선이었다. 그런데 배에서 출발한 지 서너 시간이 되었을 무렵 웅성거리는 말소리가 들렸다. 그 소리로 미루어보아 가까운 곳에 많은 사람들이 있었다.

'누구지? 여기는 사람이 많지 않은 곳인데?'

7

독한 술에 취해 탁상에 엎어져 있는 부광을 깨운 것은 수행원 유루로였다. 그는 부광의 손이 닿지 않는 곳으로 술병을 치우며 말했다.

"왕자님, 제게 좋은 방안이 하나 있습니다."

왕의 명령서를 받은 후로 부광 왕자는 극도로 예민해져 있었다. 도통 좋은 수가 떠오르지 않은 것이다. 대장군을 닦달해서 몇 개의 전략을 받아보았지만 마음에 드는 게 하나도 없었다.

부광의 손이 술병을 찾아 빈 탁자 위를 더듬었다. 유루로의 말소리가 부광의 귓등을 긁었다.

"정나라는 기마전에는 강하지만 해상전에는 약한 나라입니다. 만일 해상으로 기습을 한다면 정나라는 손 한번 제대로 써보지 못할 것입니다."

"후… 그 말이 맞긴 한데 삼천 명이나 되는 병력을 실을 만한 배를 갑자기 무슨 수로 만드나?"

부광은 고개를 들어 한심하다는 듯 눈을 찌푸리고 유루로를 아래위로 훑었다.

"방법이 있습니다. 소문에 따르면 이이라는 자가 검나루에서 배를 만든다고 합니다. 그런데 그 크기가 성채만 하다고 합니다. 그 정도 크기의 배라면 삼천 명의 병사를 태우고 정나라의 뒤를 치기에 충분할 것 같습니다."

"뭐? 성만 한 크기의 배?"

'배를 만든…'부터 취기가 가시기 시작해서 유루로가 말을 마쳤을 때 부광은 말짱한 정신으로 돌아왔다. 부광은 몸을 일으켜 유루로의 얼굴을 바짝 잡아당겼다. 진짜인지 가짜인지 확인하기 위해서였다.

"정말입니다. 사실은 사람을 시켜서 이미 확인도 했습니다. 큰 배에 코끼리나 사자 같은 미물을 태우고 있다 합니다."

"미물이라니 무슨 말인지 모르겠군. 아무튼 배가 있는 걸

확인했다면 아무래도 좋다. 그러면 너는 지금 빨리 가서 대장군을 불러와라.”

배로 기습한다면 확실히 승산이 있었다. 부광은 마른세수로 술기운을 씻어냈다. 손바닥의 방향과 관계없이 광대 근육이 자꾸만 하늘을 향해 올라갔다.

황갈색 소가죽 갑옷을 입은 삼천 명의 병사가 배의 입구에서 일제히 발을 구르고 있었다. 검나루의 민둥산이 그들의 발소리에 쿵쿵 울렸다.

부광은 열려 있는 문 정면에 서서 이이라는 자가 나오길 기다렸다. 그에게 적당한 재물을 쥐여 주고 보낼 생각이었다. 만약에 거절해도 빼앗으면 그뿐이다. 어차피 나 나라 영토에서 나 나라의 나무로 만들었으니 곧 왕이 될 자신의 소유물이나 다름없기 때문이다.

배 안에 그득한 어둠이 하나의 형상으로 뭉쳐지는가 싶더니 그것이 열린 문으로 천천히 걸어 내려왔다. 검은 소의 모습에 삼천 명의 발 구르기가 일시에 멈춰졌다. 소는 신비한 기운을 풍겼다. 마치 살아 움직이는 별처럼 고고했고 아름다웠다.

사람이 아닌 소가 내려온 것을 보고 부광은 의아함을 넘어 어떤 불쾌감 같은 것을 느꼈다. 미물 따위가 신비로움을 가진다는 게 무엇보다 기분이 나빴다.

소는 느린 걸음으로 내려와 이윽고 부광의 앞에 멈춰섰다. 소는 똑바로 서서 부광을 마주 봤다. 부광이 자신을 기억해주길 바라는 눈치였다. 부광은 그런 검은 소가 이상하다는 듯 이리저리 옮겨가며 소의 모습을 살폈다. 그런데 조금 앞으로 다가간 부광이 갑자기 인상을 구겼다. 그는 유독 큰 머리가 눈에 띄는 병사를 향해 손짓했다.

"윽! 이 미물에게서 냄새가 난다. 치워라."

치우라는 명령의 의미를 파악한 큰 머리 병사가 장검을 뽑아 소에게 달려들었다. 소는 곧장 뒤로 돌아서 큰 머리 병사의 가슴에 뿔을 들이받았다. 큰 머리 병사는 줄 끊어진 연처럼 멀리 날아갔다. 만일 소에게 받히기 직전에 겁먹고 몸을 틀지 않았다면 갈비뼈가 무너져 죽었을 것이다. 간신히 목숨을 건진 큰 머리 병사는 가슴의 통증보다 부광 왕자 앞에서 망신을 당한 부끄러움에 얼굴이 벌겋게 달아올랐다.

이 모든 광경을 나는 배의 맞은편 민둥산 바위 뒤에 숨어서 지켜보고 있었다. 놀란 마음이 진정되지 않아 그때까지도 몸이 떨리고 있었다.

나는 홍구 아줌마를 데리러 가다가 수천 명의 군대와 마주쳤다. 병사 중 하나가 내게 달려와 물었다.

"영감, 여기 큰 배가 있다던데 어디에 있나?"

그 병사는 위협하듯 말했다. 언제라도 검을 뽑을 수 있게 한 손이 검 자루를 쥐고 있었다. 그의 뒤로는 시커먼 군대가 다가오고 있었다. 나는 두려운 마음에 무슨 대답이든 하려 했다. 그런데 입만 뻐끔거리고 목소리가 나가지 않았다. 내 의지와 관계없이 턱이 부들부들 떨렸다.

병사는 그런 내 모습을 보고 어쩔 수 없다는 듯 가마를 탄 사람에게 돌아가서 보고했다. 그의 목소리가 안개를 헤집고 내 귀에까지 닿았다.

"치매에 걸린 노인 같습니다."

가마 위에 앉아 보고를 받는 사람의 낯이 익었다. 내 쌍둥이 형제였던 부광이었다. 몸이 자라기는 했어도 연못에서 봤을 때 모습 그대로였다. 반가움보다는 놀라움이, 놀라움보다는 두려움이 일어났다.

나는 치매에 걸린 노인인 척 부광의 군대를 뒤따라 가다가 배의 맞은편 민둥산 바위 뒤에 숨어 상황을 지켜보았다.

나는 소에게 도망치라고 마음에서 소리쳤다. 그러나 소는 내 말을 무시하고 초연하게 같은 자리에서 부광을 마주 봤다.

소는 죽음을 각오한 듯 보였다. 병사 수천 명을 뚫고 가서 소를 구해줄 용기도 재주도 나에게는 없었다. 어쩔 줄 모르고 제자리에서만 동동 구를 뿐이었다.

그때 배에서 하마, 사자, 호랑이, 코끼리, 악어, 뱀 등 동물들이 일제히 쏟아져 나왔다. 소는 그런 동물들을 향해 크게 외쳤다.

"멀리 도망치시오!"

갑자기 동물들이 달려오자 놀란 병사들은 질겁하며 몸을 피했다. 나는 그 모습에 용기를 내어 말했다.

"소야, 싸우자! 저들이 겁먹었어. 우리가 이길 수 있어!"

"안 되오. 잠시 겁을 줄 수는 있지만 창을 든 저들과 싸우면 결국 다 죽게 되오."

과연 소의 말대로 병사들은 강물에 휩쓸리지 않는 자갈처럼 서로 등을 맞대고 동그랗게 뭉쳤다. 소는 다시 한번 절대로 싸우지 말고 도망치라고 외쳤다.

새들은 하늘로 날아오르고 육지 동물은 코끼리가 내놓은 길을 따라 도망쳤다. 짙은 안개와 더불어 흙먼지가 일어나자 앞이 전혀 보이지 않았다.

8

동물들이 모두 도망친 후 부광의 군대가 빈 배에 올랐고 소는 소란 틈에 섞여 내게 왔다. 처량하게 고개를 떨어뜨린 모습이었다. 우리는 아무런 말도 하지 않고 그냥 자리에 주저앉았다. 축축하게 젖은 허무함이 먼지와 함께 어깨 위에 내려앉았다. 믿었던 운명에게 배신당한 기분이었다.

뿌연 안개 너머로 배 안에서 병사들 웃는 소리가 다른 세상의 것처럼 넘어왔다. 갑판 위까지 올라간 병사들은 배 전체를 덮는 거대한 뚜껑의 쓰임이 궁금한 듯 저들끼리 떠들었다.

배 위에 뚜껑을 덮은 걸 처음 봤을 때 내가 투덜대며 말했었다.

"소야, 뚜껑을 덮는 배가 세상에 어디 있어. 저 뚜껑 때문에 배가 못생겨졌잖아. 그냥 치우자! 응?"

"엄청난 양의 비가 내리면 외관 따위는 아무런 쓸모가 없소. 사느냐 죽느냐의 문제란 말이오. 저 뚜껑은 생명을 구할 소중한 가림막이오."

저 배는 무려 19년 동안 피땀 흘리면서 우리가 만든 배였다. 용골부터 갑판, 계단, 기둥, 커다란 뚜껑까지. 동물들의 땀이 묻지 않은 곳은 단 한 군데도 없었다.

기린이 선실 기둥을 세우다가 뾰족한 통나무 가지에 목이 긁혀서 그 기둥에는 아직도 기린의 피가 묻어 있었고, 뱃머리에 오르는 세 번째 계단은 하마가 새끼줄을 옮기려고 오르다가 부서져서 고치지 못한 상태였다.

저 배는 우리가 만든 우리의 배였다. 저 배는 탐욕스런 왕이 사람 죽이는 전쟁이나 하라고 만든 게 아니라 생명을 살리기 위해서 만든 것이었다.

분한 마음에 눈물이 뚝뚝 떨어졌다.

짙은 안개가 몰려오며 배의 모습이 점점 흐릿해졌다. 지금 당장 비가 쏟아져도 이상할 것이 없었다. 대낮이었지만 안개 때문에 보이는 것이라고는 겨우 노파산 뿐이었다. 노파산….

그래, 노파산이 있었다!

"아!"

순간 안개가 걷힌 듯 눈앞이 환해졌다. 나는 벌떡 일어나서 노파산을 가리키며 소리쳤다.

"소야. 아직 안 늦었어! 저기로 가자. 노파산 정상은 구름보다 위에 있으니까 비를 피할 수 있을 거야. 빨리 일어나서 동물들을 불러! 빨리!"

소도 벌떡 몸을 일으키며 큰 소리로 동물들을 불렀다.

동물들도 아직 멀리 도망가지 않아서 소의 부름에 빠르게 모였다. 대부분이 모이자 소는 힘껏 외쳤다.

"모두 나를 따라오시오. 노파산 정상으로 갈 것이오!"

소는 내가 속도를 못 따라올 것이라며 나를 등에 태우고 달리기 시작했다. 그러나 안개가 너무 짙어서 노파산이 보이다가 안 보이다가 했다. 눈으로는 도무지 길을 찾기 어려웠다. 마음은 조급한데 길이 보이질 않으니 무척 답답했다.

이때 박쥐가 큰 역할을 했다. 박쥐는 초음파로 방향을 정확히 인지해서 소에게 알려주었고, 소는 큰 소리로 모든 동물에게 방향을 알려줬다.

하지만 노파산에 닿기도 전에 우리는 걸음을 멈춰야 했다.

물살 강한 강이 길을 가로막은 것이다. 깊이가 깊지 않아서 큰 동물은 괜찮지만 곤충이나 다람쥐처럼 작은 동물이 통과하기는 버거운 난관이었다. 강을 건너지 않으려면 먼 길로 돌아서 가야 했는데 그러기에는 시간이 충분하지 않았다. 크고 작은, 셀 수조차 없이 많은 동물이 강을 앞에 두고 발만 동동 굴렀다.

그때 하마가 저벅저벅 물속에 발을 담갔다. 나는 하마가 그렇게 용기 있는 동물인 줄 몰랐다. 하마는 홀로 강 한가운데까지 걸어가더니 바위처럼 멈춰서서 물살을 정면으로 받아냈다. 그 의도를 알아차린 소가 따라 들어가 하마 뒤에 나란히 섰다. 이후 북극곰, 악어, 코끼리가 소의 뒤로, 하마의 앞으로 곧게 줄을 섰다. 곧 하나의 살아 있는 다리가 만들어졌다.

작은 동물들이 살아 있는 다리 위를 기어서 건너기 시작했다. 쥐나 너구리처럼 발톱을 이용해 안정적으로 등을 기어가는 동물이 있는가 하면, 뱀이나 토끼처럼 기어오르지 못하는 동물도 있었다. 그런 동물은 호랑이나 물소, 코끼리 같은 동물이 입으로 물거나 등에 업고 강 건너편으로 옮겼다. 덕분에 작은 동물까지 모두가 무사히 강을 건넜다.

하지만 난관은 그것이 끝이 아니었다. 노파산이 '노파산'으로 불린 데는 두 가지 전설이 있었다. 세상에 생명을 낳았다는 거인 할머니(노파)가 그곳에 앉은 후 굳어져서 노파산이 되었다는 이야기와 원래는 '높아 산'이었는데 바위에 새긴 글자가 오랜 시간 비와 바람에 깎여 흐려지듯, '높아'가 '노파'로 바뀌었다는 이야기였다. 노파산이 동변대륙에서 가장 높은 산이었기 때문에 두 번째 이야기를 믿는 사람이 더 많았다. 노파산 정상은 구름 위에 있을 만큼 높았고 경사가 가파르기 때문에 산양 같은 산악지대 동물이 아니면 쉽게 오를 수 없는 산이었다.

소는 동물들에게 노파산 정상으로 갈 것이라고 목적지만 알려줬다. 강을 건넌 것도 그렇고 산을 오를 때도 동물들은 알아서 서로를 도왔다.

비교적 낮은 절벽에서는 기린과 코끼리가 키 작은 동물을 올려줬고 높은 절벽은 비단뱀을 동아줄 삼아서 잡고 올라갔다. 한편에서는 독수리나 사다새(펠리컨) 같은 큰 새가 거미, 개미, 개구리, 생쥐처럼 작은 동물을 입안에 담고 정상으로 날랐다.

우리는 믿을 수 없이 빠른 속도로 노파산 정상까지 올라왔다. 혼자 걸어서 올랐다면 족히 열흘은 걸릴 만한 높이였다.

그런데 겨우 반나절 만에, 셀 수조차 없이 많은 동물이 함께 오른 것이다.

더욱 놀라운 것은, 노파산 정상에 도착 전까지만 해도 오로지 비를 피해야 한다는 생각뿐이었다. 어디서 어떻게 머무를지에 대한 문제는 걱정으로 남겨둔 상황이었다. 그런데 노파산 정상에 도착하고 보니 그곳은 모든 동물이 여유롭게 들어가고도 남을 만큼 넓은 분화구였다.

사슴벌레와 딱정벌레를 등에 태운 순록을 마지막으로 모든 동물이 분화구 안에 들어왔다. 동물들은 말이 통하지 않았지만 함께 기뻐했고 서로에게 진심으로 고마워했다. 그 마음은 언어를 뛰어넘었고 상식 위에 머물렀다. 먹이사슬 간의 천적이란 아무런 의미가 없었다. 토끼가 늑대와 볼을 비볐고, 매가 생쥐를 등에 태우고 하늘을 날았다.

소가 크게 웃었다. 마음에서 낸 소리가 아니라 육성으로 내는 웃음소리였다. 소가 말했다.

"이이여, 보시오. 이 높은 산의 쓰임이 우리의 배였을 것이라고 누가 상상이나 했겠소. 이 얼마나 기가 막힌 일이오! 하하하."

소의 목소리가 매우 들떠 있었다. 크고 맑은 눈에는 눈물이 맺혔다. 소가 문득 말했다.

"그러고 보니 이곳은 모든 생명을 낳았다는 거인 할머니의 자궁이 아닌가 싶소. 노파산이라는 이름의 그 '노파' 말이오. 그 노파가 다시금 모든 생명을 품은 게 아닌가 말이오."

이때 분화구 밖에서 구름이 부딪히고 대기가 찢기는 소리가 들렸다. 그리고 검은 구름 사이로 번쩍 빛이 솟아올랐다. 드디어 비가 내리기 시작한 것이다.

9

동물들이 모두 빠져나간 배의
내부는 삼천 명의 병사가 타고도 여유가 있을 정도로 넓었다.
부광은 실감이 나기 시작했다. 역사적으로 삼천 명이나 되
는 군대가 바다로 기습 공격을 한 사례는 없었다. 따라서 정
나라는 조금도 예상하지 못할 것이고 성공적인 작전이 될 것
이 분명했다.
부광은 허리춤에 찬 검의 자루를 만지작거렸다. 흥분할 때
나오는 습관이었다. 정나라를 흡수하는 데 큰 공을 세우면 왕
좌에 바짝 다가갈 수 있다. 한시라도 머뭇거릴 이유가 없었

다. 부광은 곧바로 출항을 지시했다.

선장은 안개가 짙어서 앞이 보이지 않는다며 걱정했다. 하지만 부광에게는 그마저도 긍정적으로 보였다. 부광이 말했다.

"우리가 안 보인다면 적들도 안 보일 것이다. 기습공격을 하는 데 한 가지 걱정이 있었다. 그것은 우리의 배가 너무 크다는 점이다. 그런데 안개로 인해서 적들의 눈에 띄지 않으니 이만큼 좋은 기회는 또다시 없을 것이다. 오히려 안개가 가장 짙은 이른 아침에 상륙하기로 한다."

전쟁은 전투하는 당시보다 전선으로 향하는 길에 더 큰 긴장감을 느끼는 법이다. 부광은 병사들을 독려하기 위해 배 안에서 잔치를 열었다.

유루로가 멧돼지 한 마리를 부광 앞으로 가지고 왔다. 배에서 도망치다가 병사들에게 잡힌 멧돼지였다. 부광은 꿈틀대는 멧돼지의 목을 밟고 병사들을 주목시켰다.

"나의 병사들아 긴장하지 마라. 지금 정 나라 놈들은 우리가 가고 있는 줄 꿈에도 모르고 있다. 너희는 가서 이 멧돼지의 목을 따듯, 그놈들 목을 따기만 하면 된다. 자, 내가 시범을 보일 테니 잘 보아라."

멧돼지는 심상치 않은 분위기를 느끼고 도망치려고 했지

만, 앞다리와 뒷다리가 밧줄에 묶여서 꼼짝할 수 없었다. 부광의 예리한 검이 멧돼지의 두꺼운 피부를 허망하게 뚫었다. 부광은 멧돼지 목과 옆구리, 다리 등을 반복적으로 찔렀다. 먹따는 소리가 병사들의 함성에 묻혔다. 멧돼지가 비명을 지를 때 목의 혈관이 터지며 피가 부광의 얼굴을 덮쳤다. 피를 뒤집어쓴 부광의 모습은 병사들을 흥분시키기에 충분했다.

이때 비 한 방울이 부광의 이마에 떨어졌다. 부광은 대수롭지 않게 빗물을 훔치며 병사들을 향해 말했다.

"나의 병사들아 들어라. 나는 장차 왕이 될 것이다. 그리고 너희는 왕과 함께 전투에 나간 전사로 기억될 것이다. 병사들아, 오직 나를 위해 싸워라!"

부광이 머리 위로 검을 들어 올리자 병사들은 열광했다.

빗방울은 점차 굵어져 죽은 참새처럼 쏟아졌다. 선장은 배에 뚜껑을 덮도록 지시했다. 취기가 한껏 오른 대장군이 부광에게 다가가 농담을 걸었다.

"왕자님, 참 신기합니다. 배에 오를 때 저 뚜껑을 보고 참 이상하네, 뚜껑을 왜 만들었을까, 적의 화살을 막는 용도인가 했습니다. 그런데 이제 보니까 이 배를 만든 놈은 마치 사내 주먹만 한 비가 내릴 줄 알고 뚜껑을 만든 것 같습니다. 으하하하."

부광은 기분이 좋아서 그의 농담에 마주 보고 웃었다.

그들은 높은 파도가 점차 육지를 잡아먹고 있다는 것을 아직 몰랐다.

하늘에서 내리는 것을 더 이상 '비'라고 부르기가 어려웠다. 거대한 폭포 아래에 와 있는 듯 굵은 물줄기가 쏟아져 내렸다. 지붕 같은 가림막 없이는 숨조차 쉴 수 없었다.

떨어지는 물줄기가 곤히 잠자던 바다를 깨우고 화나게 했다. 바다는 두꺼비처럼 천천히 몸을 일으키더니 터질 듯 커다랗게 몸을 부풀렸다. 오돌토돌 도드라진 두꺼비 등이 크게 한 번씩 들썩일 때마다 마을이 하나씩 사라졌다. 바다는 해변가 마을부터 하나씩 먹어치우더니 점점 내륙으로 손을 뻗었다. 바다는 산골짜기로 파고들어서 새의 보금자리와 산짐승 등을 편식하지 않고 먹어 치웠다. 사람들은 파도를 피해 산꼭대기로 뛰어 올라갔다. 그러나 자비롭지 않은 바다는 몸을 더 부풀려서 산을 통째로 잡아먹었다. 이윽고 대도시에 다다른 바다는 크게 입을 벌려서 도시를 한입에 삼켜버렸다. 보석으로 치장한, 존엄의 상징인 나 나라의 성이 맥없이 바다에 잠겼다.

동변대륙은 비명 한 번 지르지 못하고 순식간에 바다의 뱃속으로 흔적도 없이 사라졌다.

성채만 한 거대한 배를 빼앗아 정나라로 향하던 부광과 그의 삼천 병사는 구름에 닿을 만큼 높은 파도에 정신을 차리기가 어려웠다. 병사들은 서로 부딪히며 크고 작은 부상을 입었다. 만일 배가 튼튼하게 만들어지지 않았거나 배에 뚜껑이 없었다면 분명 모두가 죽었을 것이었다.

부광은 배를 만든 이이라는 자가 미래를 예견하고 있었던 게 아닐까라는 불길한 예감이 들었다. 신비로운 기운을 풍겼던 까만 소도 뭔가 이상했다. 부광은 마음 한구석이 꺼림칙했다. 이때 대장군이 다가와 보고했다.

"왕자님, 경계병을 시켜 확인해봤는데 상황이 꽤 심각합니다."

"뭐가 심각하다는 것이냐?"

대장군은 이런 보고를 하는 게 난처하다는 듯이 손으로 입술을 몇 차례 문지르고 나서 말했다.

"그게… 육지가 사라졌습니다."

"뭐어?"

"육지가 모두 잠겨버린 것 같습니다. 저희가 상륙할 만한 곳이 없습니다."

부광이 아무런 말도 하지 않자 대장군의 보고가 이어졌다.

"상륙을 못 하는 것도 문제지만 더 큰 문제는 식량입니다. 저희에게 지금 남은 식량은 5일치입니다. 배에 실은 식량은 모두 10일치였고 목적지인 정나라까지 뱃길로 7일이면 닿는 거리였으니 3일 정도의 여유를 둔 계산이었습니다."

부광은 별안간 화가 치밀어 올랐다.

"대장군은 왜 이런 상황을 대비하지 못했나!"

부광의 호통에 주변 병사들의 시선이 일제히 두 사람에게 향했다. 대장군은 마른침을 삼켰다. '기동성을 위해 짐을 최소화하라. 상륙 이후에는 정나라의 마을에서 약탈이 가능하다. 그러니 식량보다는 화살을 더 많이 챙겨라.' 작전 회의에서 부광이 대장군에게 지시한 명령이었다. 부광의 호통에 대장군은 분한 마음이 들었지만 겉으로 내색하지 않았다.

"우선 남은 식량을 아껴서 먹이겠습니다."

그날 이후로 남은 5일치 식량을 나눠 먹으며 26일을 버텼다. 여전히 비는 폭포처럼 쏟아졌고 파도가 높아 물고기를 잡으러 내려갈 수도 없었다.

배에 오른 지 43일이 되었을 때, 처음으로 굶어 죽은 병사가 나왔다. 비록 장례는 못 치르지만 가깝게 지낸 병사 몇 명이 모여 아사한 병사의 죽음을 마음으로 추모하고 시신을 바다로 던졌다.

47일째 되었을 때, 부광이 유루로를 조용히 불렀다.

"이 배에서 가장 낮은 신분이 무엇이냐?"

"화살을 옮기는 짐꾼이 가장 낮습니다, 왕자님."

부광의 목소리에는 힘이 없었다.

"그래… 짐꾼이 몇 명이나 있느냐?"

"대략 50명 정도 있습니다."

"그 위의 신분이 최하급 사병이지 아마… 대장군에게 최하급 사병 100명만 뽑으라고 해라. 그리고…."

부광이 시선을 바닥으로 떨어뜨리며 말을 이었다.

"조리하는 병사에게 물을 끓이라 하고 그 재료가 사람으로 보이지 않도록 잘 손질하라고 전해라."

병사들은 명령대로 식재료의 피부를 모두 벗겨내고 손가락과 발가락 등 본래 모습을 짐작할 만한 부위는 모두 바다에 버렸다.

잠시 후 말랑말랑한 회갈색의 옆구리 살이 국물과 함께 밥그릇에 담겨왔다. 그러나 부광은 구토가 올라와서 먹기를 망설였다. 국이 식을 때까지 먹지 못하자 유루로가 옆으로 다가와 말했다.

"전쟁 중에도 수많은 병사가 죽습니다. 아군을 위해서 죽는 것은 오히려 영광이 아닐까요. 왕자님께서 드셔야 모두 편히 먹을 수 있을 것입니다. 어서 드십시오, 왕자님."

부광은 유루로의 말이 일리가 있다고 여겼다. 그는 그릇을 들어 천천히 입으로 가져갔다. 따뜻한 국물이 온몸으로 퍼지는 게 느껴졌다. 이어서 갓 잡은 고기의 쫄깃한 육즙이 식욕을 돋웠다. 그러나 동시에 속이 울렁거렸다. 하급 병사의 살점이 위장 벽을 쿵쿵쿵 두드리는 것 같은 느낌이었다. 부광은 다시 입을 벌려 그것을 목구멍으로 넘길 기분이 들지 않았다. '아… 이렇게 굶어 죽는가.'

부광이 첫술을 뜨는 것을 보고 대장군과 유루로 그리고 2850명의 병사가 일제히 제 앞에 놓인 고깃국을 천천히 들이켰다.

그런데 갑자기 병사 한 명이 벌떡 일어나더니 구석으로 달려가 몸을 웅크렸다. 속을 게워내는 꺽꺽 소리가 적막한 배 안을 음산하게 울렸다. 병사의 상급자가 달려가 그의 정강이를 걷어차고 뺨을 후려쳤다. 배 안의 모든 사람이 공허한 눈빛으로 그 모습을 바라봤다.

그 상황에 관심을 주지 않는 사람은 대장군 한 사람뿐이었다. 대장군은 어느새 제 그릇을 비우고 식어가는 솥으로 뛰듯이 걸어가 솥뚜껑을 열어젖혔다. 쨍, 쨍그랑! 솥뚜껑이 날카롭고 요란스럽게 울었다.

얻어맞는 병사를 바라보던 사람들의 시선이 일제히 대장군에게로 옮겨졌다. 병사들은 뼈째 들고 허겁지겁 살코기를 뜯어 먹는 대장군의 모습을 넋 놓고 바라봤다. 가뜩이나 굶주린 배가 더욱 고파졌다. 입을 대지 못했던 병사들이 다시 그릇을 들어 입으로 가져갔다.

부광도 대장군의 모습을 보다가 문득 자신도 모르게 침을 삼켰다. 부광은 그릇을 들어 천천히 입으로 가져갔다. 속 울렁임이 처음보다는 괜찮았다. 부광은 생각했다. '그렇지, 사실 돼지나 사람이나 다 똑같은 동물이잖아.'

배를 채운 병사들은 부광 왕자가 하급 병사 150명으로 2850명을 살렸다고 칭송했다. 하지만 그로부터 일주일이 지나자 사람들은 다시 굶주림에 시달렸다. 여전히 비는 그치지 않았고 파도도 높았다.

부광이 유루로를 다시 불렀다.

"대장군에게 이번엔 200명을 뽑으라고 전해라."

다시 일주일이 지나서는 300명을 뽑으라고 지시했다. 유루로가 부광에게 물었다.

"왕자님, 먹는 사람이 줄어들었는데 왜 더 많은 재료를 찾으시는 건가요?"

부광은 당연한 걸 뭘 묻느냐는 듯 퉁명스럽게 반문했다.

"너는 배불리 먹고 싶지 않으냐?"

300명을 뽑은 이후에는 일주일씩 기다리지 않고 그때그때 재료를 조달해 식사를 했다.

배 안은 아무도 없는 것처럼 조용했다. 갑판 한가운데서 횃불 하나만 저 혼자 살아 있다는 듯 일렁거렸다.

부광은 기둥에 등을 기댄 채 멍하게 횃불을 바라보았다. 문득 예전에 사냥 나갔을 때의 기억을 떠올렸다.

아직 잔설이 남아 있는 봄이었다. 산에서 며칠씩 야영하며 사냥을 하기 때문에 안전상 문제로 수행원이 따라나섰지만 부광은 혼자 가겠다며 그들을 물리쳤다. 그런 것이 좋았다. 성 안에서는 가마를 타고 다녀서 혼자 걸을 일이 없다. 그러다 보면 차오르는 따분함을 더 이상 억누르지 못할 때가 있다. 그때는 산에서 뛰노는 생물의 뜨거운 피가 보고 싶었다. 특히 눈 쌓인 겨울이나 봄이 좋았다. 놈의 모가지에서 솟구치는 피에서 옅은 김이 올라왔다. 그것이 하얀 눈을 녹이면 알 수 없는 쾌감이 밀려들었다. 부광은 그 순간을 혼자 즐기고 싶었다. 사슴인지 멧돼지인지 호랑인지는 중요하지 않았다. 붉은 피를 가진 짐승이라면 무엇이든지 편식하지 않았다.

그날따라 사냥감을 만나지 못해 아쉬웠던 부광은 해가 지는 것을 보고 서둘러 야영 준비를 했다. 사냥감을 찾다가 발견한 작은 동굴이었다. 바람을 막을 수 있게 나뭇가지를 가져와 축으로 세우고 위에 양가죽을 덮었다. 그리고 발아래에 몸을 녹일 수 있는 불을 놓았다. 해가 지고 어둠이 내려앉자 눈송이가 떨어지기 시작했다. 땔감과 먹을 것을 충분히 준비했기에 한동안 고립돼도 걱정이 없었다. 부광은 장작불 안으로 나뭇가지 몇 개를 더 던져 넣었다.

그때 작은 소리가 들렸다. 바람에 나뭇가지가 부딪치는 소리가 아니었다. 무게 있는 것이 눈과 그 아래 낙엽을 밟는 소리였다. 부광은 시위에 화살을 메기고 소리가 난 방향을 향해서 천천히 당겼다. 활채가 탄성으로 빳빳하게 긴장했다.

폴짝! 장작불 빛이 닿는 곳으로 나온 그것은 다 자라지 않은 잿빛 토끼였다. 호기심에 온 것인지 배가 고파서 온 것인지는 알 수 없었다. 토끼는 겁도 없이 부광의 주변을 맴돌았다. 부광은 활을 옆에 내려놓고 토끼를 잡았다. 그리고 양손을 반대로 당겨 토끼의 몸통에서 머리를 뽑아냈다.

부광은 정신이 번쩍 들었다. 그리곤 자신이 어떤 사내의 몸 위에 올라와 있다는 것을 알아차렸다. 그런데 그 상황이 도저히 실제처럼 느껴지지 않았다. 무릎으로 사내의 명치를 눌러 압박하고 있었고, 왼손으로 사내의 양 손목을 잡아 움직이지 못하도록 가슴 위에 누르고 있었다. 그리고 오른손 손바닥으로 사내의 머리통을 뽑아버릴 것처럼 턱을 강하게 밀어 올리고 있었다. 다시 보니 밑에 깔린 채 버둥대는 사내는 유루로였다. 그런데 이상한 것은 유루로를 공격한 기억이 없다는 점이다. 부광은 자신의 망상에 흠칫했다.

부광이 손에 힘을 풀자마자 유루로는 얼른 손을 빼서 주먹으로 부광의 관자놀이를 갈겼다. 부광이 나가떨어지고 겨우 숨을 터트린 유루로는 거친 소리로 기침을 해댔다. 기침 사이사이에 당신이 어떻게 나한테 이럴 수 있어, 라고 거듭거듭 외쳤다. 그 소리는 점차 커져서 마지막에는 알아들을 수 없는 악다구니로 바뀌었다. 악에 받친 유루로의 목소리가 큰 배 안을 흔들었다.

유루로를 공격한 것은 부광이 제정신이 아닌 상태에서 한 짓이다. 그렇다고 하더라도 방금 유루로의 행동은 매우 불손하기 짝이 없어 부광은 기분이 몹시 상했다. 부광은 차고 있던 단검을 뽑아 유루로에게 다가갔다.

유루로는 아차 싶었지만 되돌리기에는 이미 늦었다. 고깃국을 씹을 때마다 언젠가 자신도 끓는 국솥에 던져질지 모른다고 생각했던 유루로였다. 지금이 그때일 터였다. 그렇지만 순순히 죽는 것은 억울했다. 죽을 때 죽더라도 그동안 부광에게 쌓인 악감정을 모두 뱉어내고 죽어야 속이라도 후련하겠다고 생각했다.

부광의 단검이 유루로의 배꼽을 향해 곧장 뻗어왔다. 싸움질에 소질이 없던 유루로였지만 어차피 죽는다고 마음먹으니 맹렬한 기세로 뻗어오는 단검도 두렵지 않았다. 유루로는 두 손으로 부광의 단검을 잡았다.

"네가 감히 왕자에게 대들어?"

두 사람은 힘겨루기를 했다. 유루로의 관자놀이에 핏대가 올라왔다.

"착각하지 마라 부광. 정말이지 역겹다. 너도 다 똑같은 사람인 거다."

유루로는 목젖을 간질이던 오물을 뱉어내듯 말했다.

"네가 특별하다고? 왕가 놈들이 존엄하다고? 개 같은 소리!"

유루로는 머리를 뒤로 젖혔다가 빠르게 앞으로 당기며 부광의 코를 들이받았다. 부광이 단검을 놓치고 나자빠졌다. 유루로는 멈추지 않고 연신 악을 내질렀다.

"네가 처먹은 사람과 네 놈은 조금도 다르지 않다! 네가 왕자가 아닌 평민으로, 노예로 태어났다면 네가 가장 먼저 먹혔을 거다! 아직도 모르겠냐!"

유루로의 몸통이 끓는 용광로처럼 들썩였다. 부광이 몸을 일으키려고 하자 유루로가 달려가 그의 얼굴을 걷어차 쓰러뜨린 뒤 배 위에 올라앉았다. 그리고 부광의 얼굴에 사정없이 주먹을 내리꽂았다. 부광의 뒤통수가 바닥에 부딪치고 튕겨 오르며 쿵쿵, 북 치는 소리가 났다. 유루로는 미친 듯이 주먹질을 했다. 손목뼈가 부러진 것도 모른 채.

기진맥진한 유루로가 부광의 몸 위에 앉아서 몇 차례 가쁜 숨을 몰아쉬었다. 그리고 천천히 일어나 횃불 빛이 닿지 않는 어둠 속으로 걸어갔다.

부광은 꼼짝도 하지 않았다. 상황을 지켜보던 사람들은 부광이 죽었는지 살아 있는지 관심도 없었다. 그들은 유루로가 멀어지는 것을 보고 다시 눈을 감고 잠을 자거나 먹던 것을 다시 먹었다. 나 나라가 있을 때나 왕자였지 육지가 없어진 지금, 부광은 아무것도 아니었다.

10

      모든 동물을 잠재운 소는 내 곁으로 와서 몸을 뉘었다. 해가 저물고 있었다.

"이제 거의 다 해냈소. 이이여, 아주 고생이 많았소. 그대가 노파산에 오를 생각을 해내지 못했다면 내가 이 세상에 온 것이 무의미해질 뻔했소. 정말 고맙소."

소의 목소리가 사뭇 진지했다.

"이이여, 나는 이제부터 앎을 덜어낼 것이오. 이렇듯 많은 단어를 머리에 담고 있는 게 사실 소의 능력을 벗어난 일이라서 말이오. 머릿속을 비우고 나면 대화가 안 통하는 건 물론이고, 그대를 알아보지도 못할 것이오. 그렇다고 해서 내가 없어지는 게 아니란 걸 이제 그대도 알 거라고 믿소."

소의 말에 나는 어떤 대답을 해야 할지 알 수 없었다. 내가 한 말은 겨우 허공을 맴도는 말이었다.

"아직 네게 배울 게 많이 있는데 가면 어떡해… 내가 아들이었다면서 더 가르쳐줘야지."

소가 다정한 목소리로 이야기를 시작했다.

"내가 만월선생으로 불릴 적에 사람들이 나를 보고 돌팔이라고 했소. 왜인지 아시오? 난 사실 가르친 게 없소. 오히려 '앎을 지워라'고 가르치니 사람들이 가짜라고 손가락질했소. 그래도 하나 가르친 게 있는데, 죽을 쑤는 것이었소."

"죽 쑤는 거?"

"그렇소. 그대는 죽 쑤는 것을 본 적이 있소? 지난 생의 어렸을 때 일이오. 그때 우리 집은 너무나 가난했소. 감기에 걸리면 약을 사줄 수 없으니 다른 가족이 옮지 않도록 산에 버렸지. 그런데 어느 날 내가 지독한 감기에 걸린 게 아니겠소. 아버지가 나를 산에 버리려 하자 어머니께서 아버지의 손을 잡아당기며 그러면 밥 한 끼라도 먹여서 보내자고 애원하셨소. 그날 저녁 구리 솥 안으로 하얀 곡식이 쏟아졌소. 난 그때 쌀이란 것을 처음 봤소. 어린 내 눈에 빈 구리 솥은 항상 맛있는 음식이 나오는 신비한 공간이었지. 나는 어머니 옆에 꼭 붙어서 죽 쑤는 모습을 구경했소. 그거 아시오? 죽은 정성이 많이 들어가는 음식이오. 적당한 불의 세기, 적당한 물의 양 그리고 죽이 바닥에 눌어붙지 않도록 조리하는 내내 주걱으로 휘저어 줘야 하오. 그것도 너무 세게 저으면 죽이 솥 밖으로 넘치기 때문에 부드럽게 저어야 하지. 그러면 죽 한가운데 작은 구멍이 생겼소. 나는 그것이 하도 신기해서 여쭤봤지. '어머니, 죽 한가운데 이 구멍은 뭐예요?', '이건 죽이 잘 돌아 가고 있다는 뜻이란다.', '죽이 왜 잘 돌아가야 해요?', '그렇 지 않으면 죽이 솥 바닥에 눌어붙어서 먹을 수 없기 때문이 지.' 나는 그때 알았소. 아! 가운데 작은 구멍이 죽을 만들고 있구나. 그렇게 한참을 구경하다가 어머니 옆에서 죽 한 사발 을 먹었는데 기대와 달리 아무런 맛도 향도 없었소. 그저 내 몸이 따뜻해지는 것을 느꼈지. 그리곤 감기가 뚝 떨어졌소. 선생이 되고 나서 알겠더군. 그날 내 몸을 따뜻하게 만든 것 은 분명 죽의 온기였소. 그러나 죽을 따뜻하게 만든 것은 어 머니의 온기였소. 나는 어머니의 사랑을 제자와 두 아들에게 전해주고자 자주 죽을 쑤어 줬지. 그러다 혹시 내가 없으면 직접 해 먹으라고 죽 쑤는 방법도 알려주었소. 빈 솥을 준비 한다. 하나, 솥 안에 물을 붓고 아래에 불을 놓는다. 둘, 쌀을 넣는다. 셋, 구멍이 생기도록 부드럽게 젓는다. 죽이다. 이것이 내가 가르친 전부였소. 그대는 기억하지 못하겠지만 그대역시 내게 배운 것은 이것이 전부였소."

11

갑판 곳곳에 머리카락 뭉치와
정체를 알 수 없는 덩어리들이 갑판 바닥을 아무렇게나 굴러
다녔다. 시냇물이 바위를 만나 곡선으로 흐르는 것처럼, 배
안으로 새어든 빗물이 그것들과 부딪혀 유선형을 그렸다. 빗
물은 배의 후미에 고였다. 후미에 쌓아둔 뼈의 무게로 인해
배가 뒤로 조금 기운 것이다. 그곳은 심연처럼 어두웠고 뚜껑
틈에서도 가장 먼 곳이었기 때문에 환기가 되지 않아서 늘
역겨운 냄새가 진동했다.

아무도 가까이 가려 하지 않는 그 곳에서 이따금 작은 움

직임이 있었다. 그러나 너무 어두운 곳이었고 소리조차 나지 않아서 누구도 그의 존재를 알지 못했다. 그는 소리를 내지 않기 위해서 알몸으로 지냈다. 부패한 핏물이 항문으로 들어온다고 해도 아랑곳하지 않았다. 그는 살고 싶었다. 그는 최하급 사병으로 배에 오른 십일 번이었다. 가장 낮은 신분으로 가장 먼저 죽었어야 할 사람이었다.

첫 번째 학살이 있던 날. 머리가 큰 부조장이 사고 위험이 있다며 개인 무기를 모두 회수해 갔다. 십일 번을 포함한 동료들은 모두 그런 줄만 알았다. 부조장과 휘하 병사들이 갑자기 장검을 뽑아 동료들을 학살하기 전까지는. 갑판은 순식간에 아수라장이 되었다. 눈치가 빨랐던 십일 번은 재빨리 갑판 가장 후미의 작은 방으로 숨어들었다.

그때부터 십일 번은 바퀴벌레처럼 어둠 속에서 살아갔다. 버려진 뼈에서 살점을 찾아 뜯어먹었고 흘러내려 온 빗물을 마시며 목숨을 부지했다. 곧 머리털이 모두 빠져버렸고 팔, 다리 복부까지 온몸의 지방이 사라지고 가죽이 뼈에 달라붙었다. 눈 주변을 이루는 지방이 사라져 퀭하게 눈알이 튀어나올 것 같았다. 그런데 어찌 된 영문인지 그는 양쪽 귀가 없었다. 정확히 말하면 귓구멍은 있는데 귓바퀴가 없었다.

십일 번은 비가 며칠이나 내렸는지 세다가 나중엔 포기했다. 생각으로는 십여 년 정도 된 것처럼 길게 느껴졌다.

외로웠고 몹시 추웠다. 그러다 가끔은 미칠 것처럼 정신이 아득해졌다. 자신의 엄지손가락을 물어뜯다가 손톱을 뽑았을 때가 그랬다.

그는 겁에 질린 개구리처럼 몸을 반쯤 물속에 넣고 지냈는데 이따금 뼈를 버리러 오는 사람 눈을 피하기 위해서였다. 그렇게 물에 반쯤 들어가 몸을 담그고 있으면 한겨울에 솜이불을 덮고 있는 듯 포근했다. 그가 잡아먹히는 것 다음으로 두려운 건 이런 생활에 점차 익숙해지는 것이었다. 십일 번은 자신이 미치지 않도록 붙잡아 준 '사람'이 나타나서 다행이라고 생각했다.

어느 날 해골 더미에서 남은 살점을 찾다가 큰 해골 하나를 만났다. 아는 사람의 것이었다. 그곳엔 이천여 구의 뼈다귀가 제멋대로 뒤섞여 있어서 누가 누구인지 분간하기 어려웠지만, 유난히 큰 부조장의 머리통은 단번에 알 수 있었다. 첫 번째 학살 때 병기를 회수해 간 그 부조장이었다.

"네가 내 친구들을 죽였지만 용서할게. 왜냐면 너도 죽었잖아."

십일 번은 자신의 농담에 하마터면 큰 소리로 웃을 뻔했다. 그는 입을 틀어막고 숨죽여 한바탕 웃은 뒤 뼈무덤에서 부조장 해골을 꺼냈다.

"부조장, 네가 검은 소에게 가슴팍을 받힌 거 내가 치료해 줬잖아, 기억 안 나?"

십일 번은 부조장의 해골을 왼쪽 옆구리에 끼고 다니며 수다를 떨었다.

'쾅!' 배 후미에 고여 있던 물과 이천여 구의 유골 그리고 십일 번이 한순간에 선체 한가운데로 퉁겨졌다. 배의 뒤쪽이 암초에 부딪힌 듯했다.

느닷없이 산 사람들이 있는 곳까지 날아온 십일 번은 죽은 벌레처럼 납작 엎드려 미동도 하지 않았다. 실눈을 뜨고 살피니 근처에 자리 잡고 있던 열 명 남짓의 산 사람들이 보였다. 그들과는 불과 열 발짝 정도의 거리였다.

자비롭지 않은 횃불이 십일 번의 등짝을 환하게 비추었다. 십일 번은 살짝 고개를 들어 다시 한번 그들을 살폈다. 암초의 충격으로 그들도 정신이 혼미해 보였다. 십일 번은 생각했다. '만일 지금 움직이거나 암초에 한 번 더 부딪혀서 그들 앞으로 가게 된다면 나는 죽음을 피할 길이 없다. 어떡하지….'

달그락달그락. 이때 눈치 없는 부조장 해골이 옆구리에서 빠져나가 산 사람 무리를 향해 굴러갔다. 십일 번은 다급히 고개를 숙이고 눈을 감았다. 십일 번의 심장 소리가 산 사람들 귀에도 들릴 만큼 크게 뛰었다. 다시 실눈을 뜨고 그들의 움직임을 살폈다. 다행히 아무도 관심이 없는 듯했다. 십일 번은 나무가 가지를 뻗듯 천천히 부조장의 해골을 향해 손을 뻗었다. 어렴풋이 산 사람들의 웅성임이 들렸다. 십일 번은 더욱 천천히 움직였다. 부조장 해골의 부드러운 뒤통수가 중지에 닿았다. '조금만 더… 조금만.'

이때 낯선 손이 부조장의 해골을 낚아챘다. 낯선 손의 주인은 부조장의 해골을 앞뒤로 훑어보더니 십일 번의 손 위에 해골을 올려놨다. 십일 번은 그의 행동에 너무 놀라서 고개를 쳐들고 그와 눈을 마주쳤다. 부광의 수행원인 유루로였다. 십일 번을 내려다보는 유루로의 눈에서는 아무런 감정도 찾아볼 수 없었다. 그저 많이 지쳐 보였다.

이때 다시 한번 배가 암초와 충돌했다. 이번 충격으로 뱃머리가 높게 들어올려졌다. 유루로와 십일 번 그리고 이천여 구의 유골이 선체 후미로 내팽개쳐졌다. 배는 암초에 걸렸는지 기울어진 채 그대로 멈췄다.

십일 번은 다급히 몸을 일으켜 유루로를 덮은 해골들을 치우고 그가 일어나도록 도왔다. 유루로는 기운이 없는 듯 십일 번에게 몸을 기대어 겨우 몸을 일으켰다. 두 사람의 눈이 다시 한번 마주쳤다. 거칠게 갈라진 십일 번의 입술이 떨렸다.

"고, 고맙… 고맙습니다. 이, 이것을 선물로….'

십일 번은 커다란 부조장 해골을 유루로에게 건넸다.

"나더러 이걸 어디에 쓰라는 것이냐."

유루로는 그렇게 말하고 선체 중앙으로 몸을 틀었다. 발을 떼려다가 말고 천천히 고개를 돌려 십일 번을 바라봤다.

"그런데 너는 언제부터 여기에 숨어 살았느냐?"

십일 번은 꼽추처럼 허리를 깊게 숙이고 유루로의 발등을 향해 말했다.

"예예… 저, 저는 그러니까. 최하급 병사를 잡아드시던 날, 아니 그, 그러니까… 그… 저, 저는 처음부터 여기에 있었습니다."

유루로는 고개를 한 번 끄덕이고 오른손을 들어 십일 번의 어깨를 쓸어내렸다. 유루로의 손바닥 온기가 십일 번의 몸속을 파고들었다. 어깨에서 명치로, 명치에서 가슴으로, 가슴에서 목젖으로, 목젖에서 코끝으로, 마지막에는 눈으로 전해진 온기가 눈알을 뜨겁게 달궜다. 이내 십일 번의 눈에서 눈물이 쏟아져 내렸다. 유루로는 그것을 못 본 척하며 터벅터벅 선체 중앙을 향해 걸어갔다.

12

"비켜요! 비켜!"

양쪽 귓불에 빨간 시치미*를 단 소년이 또래 소녀를 업고
달렸다. 소녀는 소년의 주인이었다.

"이제 거의 다 왔어요, 주인님. 조금만 기다리세요."

소년은 다리에 힘이 풀리는 것을 느끼고 이를 악물었다. 짚
을 엮어 만든 왼쪽 신은 이미 어디론가 사라지고 없었고 오
른쪽 신은 끈만 소년의 발목에 매달려 있었다. 그때 모난 돌

• 매의 주인을 밝히기 위해 이름과 주소를 적어 매의 꽁지에 달아둔 표식

하나가 달리던 소년의 엄지발가락 사이를 파고들었다. 소년은 엎어지지 않으려 무릎을 바닥에 내리찧었다. 업혀 있는 소녀는 괜찮아 보였다. 무릎에서 흐른 피가 발등까지 내려왔지만 아픔을 느낄 새가 없었다.

무사히 집에 도착한 소년은 집주인에게 소녀를 넘겼다. 소년은 허리를 숙여 숨을 몰아쉬었다. 깨진 무릎에서 피가 많이 흐르고 있었다. 마당을 쓸던 노예 사 번이 마당에 핏자국 만들지 말고 우물로 가서 씻으라고 새된 소리를 질렀다. 소년의 어머니였다.

우물께로 온 소년은 아직 등에 남아 있는 소녀의 온기를 느꼈다. 누군가가 새봄 물 오른 버드나무 잎으로 소녀의 머리카락이 닿았던 뒷목부터 피딱지가 굳어진 발등까지를 간지럼 태우는 것 같은 이상한 기분이 들었다.

소년은 그곳에서 십일 번으로 불렸다. 노예 삼 번과 사 번 사이에서 태어난 소년은 날 때부터 노예였다.

노예 삼 번은 몸집이 크고 힘이 좋았다. 게다가 일을 잘해서 집주인은 꼭 그런 사내 노예를 하나 더 원했다. 그러나 삼 번 같은 노예는 시장에서 너무 비쌌다. 주인은 대신에 비교적 저렴한 계집 노예를 사 왔다. 사 번이었다. 주인은 삼 번과 사 번을 발가벗긴 채 마구간에 던져 넣었다. 그러나 주인의 바람과 달리 아무것도 모르는 삼 번은 그냥 드러누워 잠만 잤고, 사 번은 지푸라기로 몸을 가린 채 밤새도록 두려움에 떨었다. 그 모습을 보고 화가 난 집주인은 두 사람을 굶기고 매질을 했다.

주인은 두 사람에게 알 수 없는 약을 먹였다. 매우 쓴 약을 먹고 사 번은 구역질을 했다. 다음날도 삼 번과 사 번은 마구간에서 발가벗겨진 채로 던져졌지만 역시 아무 일도 일어나지 않았다. 주인의 얼굴이 새빨갛게 달아올랐다. 주인은 한 단어에 분노를 담아 반복적으로 소리쳤다.

"교미! 교미! 교미를 하란 말이야!"

답답했던 집주인은 발가벗은 두 사람의 몸뚱이를 서로 밀착시켜 자세를 잡아주며 직접 성교에 관여했고 그의 바람대로 십일 번을 얻었다.

당시 사 번의 나이는 열두 살이었다. 그녀의 여물지 않은 젖가슴처럼 사 번은 어미로서 갖추어야 할 모성애나 지식, 책임감 따위가 준비돼 있지 않았다.

사람의 체온이 따듯하다는 것을 집주인의 딸에게서 처음으로 느낀 십일 번은 그날 밤 잠을 이루지 못했다. 여전히 등가죽에 남아 있는 소녀의 온기와 말랑말랑한 감촉이 자꾸만 소년을 흔들어 깨웠다.

집주인의 딸은 몸이 허약해서 많이 걷거나 햇빛을 많이 보면 맥없이 쓰러졌다. 그래서 외출을 할 때 항상 누군가를 동행했는데 대부분 십일 번의 몫이었다.

십일 번이 소녀를 업고 온 그날 이후, 십일 번의 행동이 달라졌다는 것을 소녀를 포함해 집안 사람 모두가 눈치채고 있었다. 소녀는 그것을 재미있어했다.

소녀가 장터에서 십일 번에게 장난을 친 것도 그가 어떤 반응을 보일지 궁금해서였다. 소녀는 십일 번의 시선을 느끼고 시장에 진열된 붉은 꽃이 수놓아진 손수건을 만지작거리며 말했다.

"나는 이런 선물을 사주는 사내에게 시집갈 거야."

십일 번은 못 들은 척하고 고개를 다른 곳으로 돌렸다. 그리고 작게 '선물'이라는 단어를 곱씹었다.

다음날, 십일 번은 그 손수건을 소녀에게 내밀었다. 훔친 손수건을 건네는 십일 번의 손이 곧 증발할 듯 빠르게 떨렸다. 훔쳐 올 거라고는 미처 생각하지 못했던 소녀는 당황스러움을 숨기며 손수건을 낚아채 십일 번의 발아래로 집어 던졌다. 그리고 이렇게 안 예쁜 손수건은 처음 본다며 다른 선물로 가져오라 했다.

십일 번은 다시 시장으로 가서 옥으로 만들어진 장식품을 훔쳤다. 표면이 매끄럽게 다듬어진 잉어 모양의 장식품이었다. 십일 번은 이번에는 분명히 소녀가 좋아할 거라고 생각했다.

소녀는 아무 말 없이 십일 번의 손 위에 놓인 옥 잉어를 바라봤다. 그리고 그것을 집어 담벼락에 던져버렸다. 옥 잉어는 단단한 차돌에 부딪혀 쨍! 하는 소리와 함께 두 동강이 났다. 소녀는 홱 돌아서 방으로 들어갔다. 십일 번은 담장 아래로 달려가서 두 조각을 주웠다. 십일 번은 꽤 사실적인 꿈을 꾸는 듯 천천히 옥 잉어의 아귀를 맞췄다. 정말 꿈이었으면 했다.

그때 장식품 상인과 손수건 상인이 마당으로 들어섰고 십일 번 손 위에서 깨진 옥 잉어를 발견했다.

두 상인과 집주인에게 죽을 만큼 맞으면서 십일 번은 결심했다. 이곳에서 도망치리라고.

몇 개월 뒤 십일 번은 도망쳐 나왔다. 그러나 사람들은 한눈에 그가 도망친 노예임을 알아차렸다. 양쪽 귓불에 달린 빨간 시치미 때문이었다. 벌써 십일 번을 뒤쫓는 사람이 생긴 듯했다. 허리춤에 칼을 찬 사람들이 노예만 보면 다가가 시치미에 적힌 것을 확인했다. 십일 번은 깊은 산 속 작은 동굴에 숨었다.

십일 번은 시치미를 떼어내려고 했지만 귀에 걸려 있는 고리에는 이음매가 없었다. 그것은 영영 시치미를 뗄 수 없다는 뜻이었다. 그는 벌벌 떨리는 손에 녹슨 칼을 쥐고 자신의 양쪽 귀를 잘랐다. 시치미에는 집주인의 성과 '십일'이라는 번호가 적혀 있었다.

13

배가 암초에 걸린 채로 멈췄다. 배 안에 울리던 빗소리도 사라졌고 요란하게 배를 때리던 파도도 잠잠해졌다. 비가 그친 것이다. 비가 새어들던 틈으로 햇빛이 쏟아져 내렸다.

오랫동안 어둠 속에서 이완돼 있던 동공이 강렬한 빛 때문에 날카로운 통증을 일으켰다. 산 자들은 손바닥을 펴서 눈앞을 가리고 밝아진 주변을 둘러봤다. 갑판 위에는 먹다가 남은 찌꺼기들이 굴러다녔고 머리카락이 어지럽게 펼쳐져 있었다. 산 자들은 햇빛에 자신들의 죄가 낱낱이 들춰지고 있는 것 같아서 마음이 불편했다.

그들은 갑판에 부딪힌 반사광으로 서로의 얼굴을 마주봤다. 피로 얼룩진 모습은 차마 사람의 흔적을 찾기 어려울 만한 몰골이었다. 그들은 차라리 다시 어둠이 내려 자신들의 죄를 덮어줬으면 했다. 햇빛 근처에 다가가긴 했지만 선뜻 그 안으로 들어서지는 못했다.

부광이 한껏 숨을 들이쉬고 소리쳤다.

"살아 있는 사람은 모두 이리로 오너라."

부광의 부름에 십일 번을 제외하고 열세 명이 모였다. 비가 계속 왔더라면 상황이 다르겠지만 이렇듯 비가 그치고 밖으로 나가게 된 이상 부광은 다시 존엄한 왕자였다. 산 자들은 부광에게 충신으로 평가받을 만한 일을 해야겠다고 생각했다.

부광 앞에 모인 산 자들은 부광의 얼굴에 흠칫 놀라고 유루로를 죽일 듯 노려봤다.

유루로에게 얻어맞은 부광의 얼굴은 알아보기 어려울 만큼 망가져 있었다. 왼쪽 눈두덩은 움푹 꺼져 눈을 뜨지 못했고 코는 새카맣게 멍들었고 입술은 터져 있었다. 뒤통수도 이전처럼 볼록한 것이 아니라 안으로 오그라진 구리 솥처럼 움푹 꺼져 있었다.

유루로는 부광을 쳐다보지 못하고 바다의 한 곳만 응시했다. 부광이 대장군에게 당장 죽이라고 해도 유루로는 할 말이 없었다. 그런데 부광은 어울리지 않게 나긋이 말했다.

"이렇게 모이라고 한 것은 너희에게 해줄 이야기가 있어서다."

부광은 한참 뜸을 들였다. 부광이 저렇게 뜸 들이고 이야기를 할 때는 항상 무슨 일이 생겼다. 그것을 아는 유루로는 고개를 들어 부광과 눈을 마주쳤다. 그러나 부광은 전에 본 적 없던, 무언가를 내려놓은 것 같은 표정이었다.

"이 배를 나가면 너희는 모두 자유로운 신분이다. 더이상 내 명령을 듣지 않아도 되고 나를 왕자라고 부르지 않아도 좋다."

모두 어리둥절한 표정을 지었다. 그러다 일제히 유루로에게 시선을 던졌다. 그중 서너 명은 이미 칼을 뽑았다. 유루로 때문에 그러는 것이 분명했다. 그렇지 않고서야 부광이 이런 말을 할 리가 없었다.

유루로는 두 눈을 감았다. 부광의 말이 '너를 곱게 죽이지 않겠다'는 말로 들렸다. 유루로가 부광 앞에 무릎을 꿇었다.

"죽이십시오."

산 자들이 요란하게 무기를 뽑아 서로 제 손으로 죽이겠다고 나섰다. 부광은 그들에게 무기를 거두라고 지시하고 유루로를 향해 말했다.

"유루로, 네 말을 듣고 옛날 일이 생각이 났다. 내가 다섯 살쯤이었을 것이다."

지금껏 들어본 적 없는 온화한 말투였다. 부광은 단 한번도 유루로를 인간적으로 대해주지 않았다. 부광에게 유루로는 인간이 아니었다. 하등한 미물과 같은 존재지만 그것보다는 조금 더 유용한 짐승에 불과했다. 그래서 그의 말을 늘 무시했고 천대했다. 그런 부광이 나긋나긋하게 말하다니 있을 수 없는 일이었다. 유루로는 눈앞의 저 사람이 부광이 맞나? 하는 생각도 들었다.

"나는 내 가마를 메는 한 중년의 사내를 좋아했다. 그는 친절했고 말투가 자상했다. 그런데 특이한 것이 그의 왼쪽 어깨가 무너진 것처럼 기울어 있었다. 하루는 네 어깨가 왜 그러냐고 물었다. 그는 평생 무거운 가마를 메서 그렇다고 했다. 나는 그가 안쓰러워 식사라도 함께 하고 싶었는데 어머니와 시녀들이 강력하게 반대해서 그럴 수가 없었다. 그래서 나의 아버지께 가서 함께 식사하고 싶다고 부탁했다. 아버지는 나 나라의 왕이니까 분명히 내 청을 들어줄 거라고 생각했다."

갑자기 무슨 이야길 하는 건가, 산 자들은 어리둥절한 표정을 지었다.

"왕은 내 말을 듣고 정말 미친 사람처럼 화를 내더구나. 왕이 뭐라고 했는지 기억나지 않는다. 하고 싶지도 않고. 어쨌든 같은 날 저녁에 그 가마꾼을 포함해서 내 가마를 메던 다른 네 명까지 모두 사라졌다. 시녀들에게 그들이 어디로 갔냐고 물으면 모두 내 눈치를 보며 모른다고만 했다. 어머니가 엄한 모습으로 그러셨다. 사람처럼 보이지만 저들은 사람이 아니라 짐승이다. 절대, 다시는 온정을 품지 마라. 어머니의 말을 듣고 그들이 나 때문에 죽임을 당했다는 것을 눈치챘다."

산 자들은 불편한 듯 몸을 들썩였다. 어금니를 꽉 물어 양볼이 씰룩거리는 사람도 있었다.

"유루로의 말을 듣고 기억이 났다. 모두가 같은 사람이었다. 우린 모두 속고 있었다."

대장군이 헛기침을 했다. 그의 모습이 기괴했다. 눈에는 흰자위가 보이지 않았고, 온몸에 얼룩덜룩한 핏자국이 문신처럼 짙게 물들어 있었다. 대장군은 못마땅한 감정을 숨기지 않고 비꼬는 말투로 부광에게 물었다.

"우리가 무엇에 속았다는 말씀이십니까, 부광 왕자님?"

"현자 지돈 씨에게 말이다. 그가 왕에게 존엄성을 불어넣었고 높은 사람과 낮은 사람을 나누어 차별했다. 그의 말은 사실이 아니었다. 가마꾼도 같은 사람이었고 우리 입으로 들어간 병사들도 같은 사람이었다. 그들의 몸을 함부로 빼앗을 권리가 우리에게 없었단 말이다."

부광의 말은 스스로 왕자의 존엄함을 버리겠다는 뜻이었다. 산 자들은 미천한 사람이 신분이 높은 사람을 위해 죽는 게 당연하다고 여겼다. 그래서 살겠다며 온몸으로 저항하는 그들의 태도를 괘씸하다고 생각했었다.

산 자들 귀에 부광의 말은 자신만 깨끗한 척하는 것으로 들렸다. 그것이 산 자들 마음을 몹시 불편하게 만들었다. 이때 대장군이 퉁명스럽게 말했다.

"밖으로 나가면 왕자라고 안 불러도 된다고 하셨죠? 그럼 저는 이만 나가 보겠습니다."

대장군이 출구 앞으로 걸어갔다. 사람들의 눈이 그의 뒤를 따랐다. 눈 부신 햇빛이 그의 피부에 물든 핏자국을 적나라하게 드러냈다. 그는 한 손을 들어 눈을 가리고 계단 위 빛무리로 올라갔다.

부광과 유루로를 남기고 모두가 대장군을 따라 나갔다.

유루로가 후회하지 않느냐고 물었고 부광은 늦게 알아차린 것을 후회한다며 실없이 웃었다.

이후 부광과 유루로는 함께 세상을 떠돌았다. 그러나 그 기간도 오래 가지 못했다. 부광은 뱃속에 들어간 병사들 목소리가 들린다며 미쳐가다가 어느 날씨 좋은 날에 죽은 나무에 목을 맸다. 낮은 풀이 자라는 초원에 부광을 묻고 유루로는 부광이 매달렸던 그 나무에 똑같이 목을 매달았다.

14

128일간 내리던 비가 그치고 모든 구름이 소진되었다. 나는 분화구 언덕에서 물에 잠긴 세상을 내려다보았다. 모든 생명을 수장시킨 물은 잔인할 정도로 아름다웠다. 여울이 없었다면 물속인지 알 수 없을 만큼 맑았고, 그 안의 나무들은 여전히 살아 있는 듯 녹색 빛을 가지고 있었다. 그것은 녹색 홍채처럼 일렁거려서 내가 아주 커다란 거인의 눈동자에 붙어 있는 것 같았다.

어디로 가는지 모르지만 물은 하루가 다르게 빠져나갔다. 소는 이제 됐다며 동물을 한 마리씩 깨웠다. 가장 먼저 깨운 나무늘보는 다시 잠을 잤고 성격 급한 하이에나는 잠이 덜 깬 채 비틀거리면서 분화구에서 걸어 나갔다. 원숭이, 양, 닭, 기린, 뱀, 홍학, 사자, 수달… 모든 동물을 깨운 뒤 소는 느릿한 걸음으로 내게 다가와 지친 목소리로 말했다.

"이이여, 나는 이제 기력이 없소. 음… 방금 했던 말도 기억이 나지 않을 만큼 의식이 흐려졌소. 마지막으로 할 일이 있소. 부광이 배를 탔으니 살았을 것이오. 그는 새로 나라를 세우고 왕이 되려고 하겠지. 부광에게 해줄 말이 있소. 받아 적어주시오."

소가 부광에게 보내는 것은 편지나 유언처럼 눈물 뽑는 글이 아니었다. 시 같았다. 그러나 아름다움을 좇는 시가 아니었다. 세상의 비밀을 간직한 시였다.

나는 엉뚱하게도 소의 시가 홍구 아줌마의 질그릇 같다고 생각했다. 홍구 아줌마의 그릇은 늘 비어 있어서 무엇이든 담을 수 있었다. 그래서 늘 가득차 있었다. 나는 소의 시가 꼭 그렇다고 느꼈다.

나와 소는 모든 할 일이 끝났다는 생각에 방심하고 있었다. 북쪽 언덕에서 노루 한 마리가 분화구로 뛰어 들어왔다. 노루는 호랑이에게 쫓기듯이 빠른 속도로 분화구 중앙을 가로질렀다. 분화구에 있던 모든 동물의 시선이 노루를 뒤좇았다. 호랑이도 멀뚱히 노루를 쳐다봤다. 곧 노루와 같은 방향으로 넘어갔던 동물들이 일제히 다시 분화구로 쏟아져 들어왔다.

그 뒤를 이어서 언덕 위에 한 무리의 사내들이 모습을 드러냈다. 열 명 남짓 되어 보였다. 그들은 머리를 길게 풀어헤쳤고, 빨갛게 충혈된 눈에는 흰자위가 보이지 않았다. 악귀 같은 모습이었다.

그중 한 명과 눈이 마주쳤다. 그는 나를 보더니 맛있는 음식을 발견한 듯 하얗고 긴 침을 흘리며 미소를 지었다. 그의 눈빛에 소름이 돋았다.

그들이 맹수처럼 달려들었다. 진짜 맹수인 사자와 호랑이도 그들의 기세에 놀라서 도망쳤다. 나와 소도 도망쳤다. 평화와 감사, 이별이 머물던 분화구가 한순간에 혼돈으로 바뀌었다.

뒤에서 날아온 창 한 자루가 내 옆에서 뛰던 양의 등에 꽂혔다. 나는 갑자기 찾아온 죽음의 공포에 다리가 풀려서 하마터면 주저앉을 뻔했다.

4부

도망쳤다

1

　　　　　　나는 언덕을 넘어 아래로 무작
정 내달렸다. 높이가 얼마나 되는지 안중에 없었다. 눈을 마
주친 악귀 같은 눈빛이 머릿속에서 떠나지 않았다. 만일 잡
힌다면 산 채로 잡아먹힐 것 같았다. 나는 너무 무서워서 어
떻게든 그와 멀어지고 싶었다. 언덕 아래로 뛰어내리는데 왼
쪽 종아리뼈에서 우두둑 부러지는 소리가 났다. 비명을 지르
고 싶었지만 소리를 듣고 그가 쫓아와 창을 던질 것 같아 입
술을 깨물었다. 걷지도 달리지도 못한 채 끙끙거리는 내 앞에
하얀 말 한 마리가 멈춰 섰다. 나에게 올라타라는 것 같았다.

말의 등에서 달리던 중에 점차 정신이 들었다. 그런데 무언가 허전했다. 소! 소가 보이지 않았다. 백마에게 소가 어디로 갔는지 물어봤지만 내 말을 알아들을 리가 없었다. 말에게 멈추라는 신호를 보내고 등에서 내렸다.

나는 부러진 다리를 질질 끌며 소를 찾아 다시 분화구로 올라갔다. 그의 눈빛을 떠올리면 너무나 무서웠지만 소를 찾아야만 했다. 종아리가 점점 부풀어 올랐다. 나중에는 기다시피 올라갔다.

분화구 꼭대기에 올라오니 아무도 없고 핏자국과 발자국만 어지럽게 찍혀 있었다. 소의 발자국을 어떻게 찾나 싶었는데 운이 좋게도 그리 멀지 않은 곳에서 소의 것으로 보이는 발자국을 발견했다.

소가 조금이라도 기억이 남아 있을 때 찾아야 했다. 기억을 모두 잃는다면 나를 못 알아볼 게 분명하다. 마음이 조급했지만 다른 발자국과 잘 구별해가면서 침착하게 소를 쫓았다. 발자국 앞부분이 깊게 파인 걸 보면 소도 정신없이 도망친 게 분명했다. 그래도 핏자국이 없는 것으로 보아 그들에게 공격을 받지는 않은 듯했다.

발자국을 따라 노파산 남쪽 끝자락까지 내려왔을 때 순록을 만났다. 순록은 내게 다가와 아는 체를 하며 제 코를 내 뺨에 비벼댔다. 인사를 하는 것이다. 나도 순록이 반갑기는 했으나 지금은 그것이 중요한 게 아니었다. 내가 쫓은 발자국이 순록이었다면 소는 도대체 어디로 갔단 말인가.

다시 노파산 정상에 오를 걸 생각하니 눈앞이 아득해졌다. 하지만 올라야만 했다. 소의 발자국을 따라가는 것 외에는 소를 찾을 방법이 없었기 때문이다. 나도 새나 순록이랑 대화할 수 있더라면 얼마나 좋았을까.

부러진 종아리뼈에서 밀려오는 통증으로 머리가 어지럽고 헛구역질이 올라왔다. 이대로는 무리였다. 나는 근처 나무에서 가지를 꺾어 왼쪽 종아리 양쪽에 대고 옷을 길게 찢어서 묶었다. 그리고 통증을 잊기 위해 크게 호흡했다. 몸을 일으켜 한 발씩 천천히 디뎠다.

그렇게 다시 정상에 오르는 데 열흘이 넘게 걸렸다. 숨 쉴 때마다 공기가 목청을 오가며 톱질하는 소리가 났고 목구멍에선 핏기가 가시지 않은 생고기 냄새가 올라왔다.

분화구에는 여전히 붉은 핏자국과 다양한 모양의 발자국들이 어지럽게 펼쳐져 있었다. 소를 찾을 수 있을까 걱정이 밀려왔다.

늦은 시간도 문제였지만 그보다 먹은 게 없어서 기운이 없었다. 물도 마시지 못한 탓에 눈앞이 순간순간 하얗게 탈색됐다. 계속 걸으면 죽을 수도 있겠다는 생각이 들었다.

　나는 가까운 곳에 그늘진 언덕을 찾아 몸을 뉘었다. 뜨겁게 달아올랐던 발바닥이 조금 풀리는 느낌이었다. 누워 있으니 이런저런 생각이 떠올랐다. '소를 찾을 수 있을까?', '소를 찾고 나면 앞으로 무얼 해야 하지?', '혹시 못 찾으면 어쩌지?', '나는 앞으로 무얼 해야 하지?' 동물을 살려야 한다는 큰 계획을 마치고 나니 어쩐지 무기력함이 밀려왔다. 소원을 이룬 뒤 더이상 바랄 게 없는 허무감 같은 것이었다. 아, 한 가지 바람이 있었다. 나는 오랜 시간을 사람과 떨어져 살았다. 이제는 사람들과 어울려 살아보고 싶다. '그런데 폭우에서 살아남은 사람이 있을까?', '분화구에서 만난 사람들이 있었지.', '그들이 아니었다면 소와 헤어지지 않았을 텐데…', '아! 그 사내들이 소를 잡아갔으면 어쩌지?'

　나는 몸을 일으켜 소 발자국을 찾아 나섰다. 다시 마음이 조급해졌다. 나뭇가지처럼 생긴 이것은 새 발자국, 요건 원숭이, 이렇게 큰 거는 코끼리… 소의 덩치를 생각해보면 발자국도 꽤 클 것이 분명했다. 나는 소 발자국으로 의심되는 두 개를 찾았다. 그런데 하나는 발가락이 두 개고, 하나는 세 개였다. 어느 것이 소의 발자국인지 확신하기 어려웠다. 소의 발바닥을 신경 써서 보지 않았던 게 그렇게 후회될 수 없었다.

순록을 쫓은 것처럼 또다시 헛걸음할 수는 없었다.

나는 눈을 감고 누워 있는 소의 모습을 떠올렸다. 혀로 제 몸의 털을 가지런히 고르는 모습이었다. 하지만 발가락 부분만 먹물이 번진 것처럼 안 보였다. 하는 수 없이 두 개 중 조금 더 짙은 쪽을 따라가기로 했다. 발가락이 두 개 있는 자국이었다.

그나마 위안이 되는 것은 땅이 아직 물을 머금고 있어서 발자국이 비교적 선명하게 남았다는 것이었다. 잘 쫓으면 오래 걸리지 않아서 소를 찾을 수 있을 것이었다. 나는 밤을 제외하고 계속 소의 발자국을 따라서 걸었다.

금방 찾을 수 있을 거라는 기대는 나의 커다란 착각이었다. 시간이 얼마나 흘렀는지 모르겠다. 수십 번, 어쩌면 일백 번쯤 해가 뜨고 졌다. 소의 발자국을 쫓다가 나중에는 무얼 쫓는지조차 잊었다. 같은 지역을 뱅글뱅글 돌 때는 쫓고 있는 발자국이 내 것 같기도 했다.

부러진 왼쪽 다리 몫까지 부담을 안은 오른쪽 발바닥은 뱀 허물처럼 벗겨져 너덜거렸다. 마치 어두운 늪지대를 걷는 기분이었다. 피로가 진흙처럼 덕지덕지 붙어서 몸을 무겁게 했다. 그리고 내가 쫓는 발자국 끝에 소가 아닌 다른 동물이 서 있는 상상이 내 발목을 붙잡았다.

아침마다 코끼리 다리처럼 부어 있는 종아리에 새로운 부목을 덧대며 나는 말했다.

"하루만 더 쫓아보자…."

하지만 곧, '그만하고 싶다'는 마음이 '하루만 더' 앞으로 새치기했다. 그만하자, 말하고 제 자리에 앉아서 펑펑 우는 것으로 타협해 버릴 것 같았다. 걷는 것보다 그 충동을 매번 억누르는 게 더 힘들었다.

그날 아침에 그만이라고 말했더라면, 아마도 나는 영영 소를 만나지 못했을 것이다. 그런 것은 상상조차 하기 싫다.

나는 어느 산의 중턱에서 내려가고 있었고 소는 맞은편 산 아래 초원에 있었다. 모기 주둥이만한 크기의 까만 흑점을 보고 소라는 걸 단번에 알아차린 나의 능력에 한편으로 놀라웠다. 한가로운 꼬리의 움직임까지 눈앞에서 보고 있는 듯 선명했다. 소를 찾은 그 기쁨은 모든 언어를 통달해도 표현할 수 없을 것이다. 눈과 코에서 물이 흘러나왔고 얼굴이 못생기게 구겨졌다. 나는 왼쪽 다리에서 부목이 떨어진 것도 모르고 엄마를 찾은 아이처럼, 한걸음에 소가 있는 초원까지 달려갔다.

소는 내 인기척을 못 느낀 듯 여전히 평화롭게 그 인근에 머물러 있었다. 그곳은 토끼풀 같은 키 작은 식물이 주로 자라는 초원이었다. 드문드문 꽃봉오리를 들고 삐죽 올라온 꽃대도 보였다. 주변의 활엽수들도 예전의 초록빛으로 잎을 펼쳤다. 소의 발자국만 보느라 몰랐는데 숲은 빠르게 원래 모습을 회복하고 있었다.

소는 새싹과 어울리며 더할 나위 없이 평화로워 보였다. 내가 소에게 해줄 수 있는 것은 그 평화를 조금이라도 더 지켜주는 것이었다.

구름이 벌겋게 물들 때쯤, 나는 천천히 다가가 소의 양쪽 뿔을 잡았다. 내 등장에 놀라기도 했지만 제 몸을 만지자 소가 기겁하고 뒷걸음질쳤다. 소는 확실히 기억을 모두 잃은 것 같았다. 달아나려는 것을 붙잡아 어렵사리 고삐에 줄을 묶었다.

분화구에서 미리 소코뚜레를 뚫어놓았기에 가능했다. 그렇지 않았으면 엄두조차 낼 수 없는 일이었다. 소는 기억을 모두 잃고 나면 내가 저를 통제할 수 없을 거라며 손을 덜덜 떠는 내게 코를 들이댔었다. 나는 끝이 무딘 칼로 소의 코청을 찢고 준비해둔 둥근 모양의 코뚜레를 꼽았다. 소는 신음소리 대신 콧바람으로 맺힌 피를 뿜었다.

겨우 줄을 맸지만 내가 원하는 곳으로 이끄는 건 거의 불가능했다. 소는 자꾸만 나와 반대 방향으로 향했고 줄을 마주 당겨도 소의 힘을 당할 재간이 없는 내가 결국 끌려갔다.

소가 나를 끌고 숲속으로 들어갈 때 마침 보리수나무 굵은 나무줄기에 줄을 감아 간신히 소의 걸음을 멈췄다.

나는 보리수나무 아래 같은 자리에서 며칠을 쉬며 쌓인 피로를 풀었다. 부러진 왼쪽 종아리뼈가 제대로 붙지 못한 듯 발을 디딜 때마다 통증이 일어났다. 나는 마른 나뭇가지 하나를 주워 지팡이로 삼았다. 문득 지팡이 짚은 내 모습에 사람들이 정말 할아버지인 줄 오해할 것 같다는 생각이 들었다. 그러면 내가 노인인 줄 아느냐고 농담을 걸어야지, 혼잣말하고 혼자 웃었다.

'물론 산 사람을 만나야 농담도 건넬 수 있겠지. 분화구에서 만난 붉은 피부의 사내들 말고 또 살아남은 사람이 있을까…'

그들이 어디에서 생존해 있다가 갑자기 노파산 분화구에 나타났는지 짐작조차 안 됐다. 내가 모르는 방법이 있었던 걸까. 아니, 노파산 외에도 높은 산이 몇 개 있다고 알고 있었다. 목숨을 구했다면 그곳에서였을 터. 그것도 아니면 배를 빼앗은 부광의 병사들일까. 그러고 보니 그것이 가장 그럴듯했다.

'홍구 아줌마는 살아 있을까… 살아 있을 리가 없겠지. 비가 내리기 시작하고 어딘가로 몸을 피하지 않았을까. 그러면 살아남지 않았을까.'

나는 홍구 아줌마 생각에 괜히 마음이 울적해졌다. 아줌마가 보고 싶었다. 마땅히 갈 곳도 없던 나는 더이상 고민하지 않고 다음 목적지를 나의 고향으로 결정했다.

소에게 다가가 우리 함께 고향으로 가자고 얘기했다. 소는 머리통을 푸드득 흔들어 털고 긴 혀를 날름거렸다. 못 알아들은 것이다. 일찍이 소에게 들은 대로 우리는 더이상 대화가 통하지 않았다.

그러나 느낄 수 있었다. 이것은 검나루에서 수많은 동물과 교감하며 얻은 기술이었다. 소가 음메하고 울든, 개가 멍멍하고 짖든, 새가 쩍쩍 노래하든, 왕이 존엄을 부르짖든, 겉모습이 조금씩 달라도 사실 모두가 똑같은 생명이었다. 예컨대 몸을 이루는 고깃덩어리는 가마솥 안에서 휘휘 저어지는 쌀처럼 순환할 뿐이었다. 크게 응어리지면 코끼리, 작게 응어리지면 생쥐, 길게 응어리지면 살모사, 낱알이 쪼개지면 사람, 안 쪼개지면 공벌레라고 이름 지었을 뿐이었다.

잠시 다른 모습인 게 뭐가 그렇게 중요하겠는가. 내면에 씨

눈처럼 박힌 순수한 '그'와 만나고 나면 누구와도 친구가 될 수 있었다. 내가 알게 된 기술이란 '그'와 만나는 것이었다.

나무에 묶인 줄을 풀고 소의 등에 올랐다. 소는 엉덩이를 들썩이며 자리잡는 나를 잠자코 기다렸다.

"소야, 고향으로 가자!"

내가 소리를 지르자 소는 천천히 앞으로 걸었다. 고삐를 당겨서 소에게 방향을 일러주면 똑똑한 소는 곧잘 알아듣고 방향을 잡았다.

내가 뛰놀던 나장은 잿빛 진흙으로 덮여 있었다. 홍구 아줌마의 그릇 상점도 봉분처럼 솟아 있었고 소를 데리고 온 외양간도 같은 모습이었다. 마치 죽은 도시를 방문한 것 같았다.

지형이 다소 바뀌어서 산봉우리와 큰 언덕을 보고 위치를 가늠해가며 더듬더듬 홍구 아줌마 집을 찾아갔다.

아줌마가 앉아 있어야 할 방 안에는 죽은 모래가 허리춤까지 들어차 있었다. 부엌에도, 창고에도 모래가 가득했다.

아줌마가 없을 거라고 예상했지만, 정말로 없을 거라고는 생각하지 못했다. 비가 모든 생명을 익사시키는 것을 두 눈으로 목격했는데도 홍구 아줌마가 집에 없는 것을 이해하기 어려웠다.

나는 곧장 방 안을 메운 모래를 빼낼 수도 있었지만 사흘 정도 그대로 방치했다. 아줌마의 시신과 마주할 자신이 없어서였다. 모래 안에 뻣뻣하게 누워 있을 아줌마와 마주치면 지쳐 있던 마음이 응집력을 잃고 모래처럼 무너져 내릴 것만 같았다.

그래도 용기를 낸 건 아줌마의 장례라도 치러야 한다는 생각 때문이었다. 나는 마음의 준비를 단단히 하고 집 안의 모래를 모두 빼냈다. 방과 부엌, 창고. 하지만 아줌마의 시신은 찾을 수 없었다.

아줌마를 만나지 못한 게 그다지 다행스러운 일이 아니었다. 나는 오히려 홍구 아줌마의 흔적을 찾는 데 집착하기 시작했다. 호미 하나로 앞마당을 뒤집고 지붕 위에까지 올라가 쌓인 진흙을 들어냈다. 앞마당 구석에서 아줌마의 지문이 찍힌 그릇 몇 개와 아줌마가 자주 입던 옷을 찾았다.

무언가가 나올 때마다 아줌마 생각이 나서 제자리에 앉아 한참을 울었다. 나는 또다시 발자국을 따라 걷는 기분이었다. 그러나 이번에는 걸음을 잠시 멈췄다. 소 때문이었다.

내가 며칠간 정신없이 홍구 아줌마의 집과 그 주변을 파내는 동안 소는 느티나무에 줄이 묶인 채로 방치되어 있었다. 뜨거운 해가 쬐면 검은 털이 열기를 고스란히 품어서 무기력하게 고개와 꼬리를 축 늘어뜨렸고 새벽에 이슬이 콧등에 앉으면 몸을 부르르 떨어서 추위를 견뎠다. 그런 소에게 미안했다. 나는 아줌마 흔적을 찾는 것보다 외양간을 먼저 짓기로 했다.

내가 머무는 홍구 아줌마 집 옆에 넓은 터를 잡고 나무를 했다. 친구들이 그리워졌다. 힘 좋은 코끼리와 부지런한 다람쥐, 부탁한 일을 곧잘 해내던 원숭이. 그 친구들 없이 혼자 일을 하려니 여간 힘에 부치는 게 아니었다. 외양간 하나 짓는 데도 이토록 입에서 단내가 풍기는데 성채만 한 배를 만들 때 과연 내가 한 게 있을까, 라는 회의감마저 들었다.

나무를 엉기성기 쌓아 차라리 나무를 줄 세워 눕혀 둔 것에 가까운 외양간을 짓고 그 안에 소를 풀었다. 이제 말을 못하니까 당연한 거겠지만, 역시나 소는 별말 없었다. 소의 성격으로 미루어보아 말을 했다면 고생 많았다며 칭찬해줬을 게 틀림없다고 생각했다.

나는 겨울이 다섯 번 지나도록 홍구 아줌마 집에서 생활했다. 허름해 보이긴 해도 사는 데 부족함이 없었다. 바람을 막는 벽이 있었고 아줌마가 사용하던 이불, 가마솥, 그리고 아줌마가 빚은 그릇을 찾아 썼다.

사실 마을에 내려가면 좋은 집들이 빈 채로 삭고 있었다. 소라게가 빈 소라껍질을 찾아 들어가듯 그냥 들어가서 살면 편할 터였다. 그렇지만 나는 이곳이 좋았다. 이곳에서 풍기는 삶은 콩 냄새 같은 게 홍구 아줌마를 떠올리게 했다.

내가 가마솥에 불을 피울 때 연기를 보고 사람이 하나 둘 모였다. 우려했던 것과 달리 꽤 많은 사람이 살아남았다. 서른 명 남짓의 젊은 여자와 남자 그리고 어린아이 두 명이었다. 나도 젊었지만 흰 머리 때문에 그들은 나를 노인이라고 여겼다.

처음 보는 사이인데도 나는 사람을 만났다는 반가운 마음에 어떻게 살아남았느냐고 안부를 물었다. 우리가 만든 배만큼은 아니지만 꽤 커다란 배를 타고 생존하기도 했고, 예상했던 것처럼 높은 산으로 도망쳐서 살아남은 사람도 있었다.

나도 반가운 마음에 내가 겪은 이야기를 모두 말해줬다. 소를 만나고, 배를 만들고, 동물들과 노파산 정상에 올라간 이야기를.

내 이야기를 들은 사람들의 반응은 대부분 비슷했다. 입술을 동그랗게 만들어 오! 하는 소리를 내며 고개를 위아래로 끄덕였다. 간혹 벌떡 일어나 박수를 치는 사람도 있었다. 하지만 정말 믿는 것처럼 보이지는 않았다.

어쨌든 그들은 나를 '노자'라고 불렀다. 노파산 선생이라는 뜻이었다. 소를 보고 선생의 칭호가 가진 무게에 대해 어렴풋이 느낀 나는, 노자가 내게 과분한 별명이라는 것을 알고 있었다. 하지만 애써 그들의 발걸음을 막고 싶지 않았다.

그들은 아랫마을에 내려가서 좋은 집을 골라 살았다. 나는 사람들과 가깝게 지낼수록 한편으로 소가 걱정됐다. 아무리 좋은 사람들이라고 해도 그들에게 소는 친구가 아닌 일하는 가축일 뿐이었다. 때문에 소의 존재를 숨기는 것이 가장 안전했다. 나는 울타리 주변에 큰 식물을 심어서 외양간을 가리기로 했다.

마당에서 은가락지 하나를 주웠다. 홍구 아줌마가 늘 지니고 있던 가락지였다. 그 은가락지를 씨앗 하나와 교환했다. 작위꽃 씨앗이었다. 그것은 사람의 손에서 억지로 만들어진 꽃이었다. 그러나 내가 작위꽃에게 무엇도 바라지 않자 본래의 모습이던 무위꽃으로 돌아갔다.

무위꽃은 외양간을 가리기에 충분했다. 덕분에 나는 소를 지키면서 사람들과 가깝게 지낼 수 있었다.

마을 규모였지만 나라가 세워졌다. 왕이 서둘러 왕좌에 앉고자 한 것이다. 나라를 세웠다기에 나는 당연히 부광이라고 생각했다. 그런데 사람들 앞에 나타난 왕이란 자는 분화구 언덕에서 봤던 몸이 빨갛게 물든 사내였다. 그가 사람들을 모아 놓고 말했다.

"모두 내 말을 따르라. 내가 살기 좋은 나라를 만들 것이다!"

그가 새로운 나라의 왕이었다. 새롭다는 의미는 나라의 이름이 바뀌었다는 뜻이었다. 그러니까 비가 내리기 이전의 왕과 다르지 않았다. 여전히 도모로 꾸며진 성에 들어가서 살았고 그의 입에서 법이 만들어졌다. 자비롭지 않은 지식이 떳떳해졌다. 거짓된 가치가 만들어졌다. 신분이 생겨났고 울타리와 영역이 생겼다. 차별이 생겼고 착취가 정당한 듯 꾸며졌다. 지배를 하는 사람과 지배당하는 사람이 생겼다.

2

　　　　　　　　　신아는 두 눈을 동그랗게 뜨
고 놀란 표정을 지었다. 나는 이야기가 길어서 아이가 중간
에 다른 곳으로 가버리거나 딴짓을 할 거라고 예상했었다.
그런데 신아의 반응은 특별했다. 만월선생 이야기를 할 때는
눈물을 뚝뚝 흘리면서도 내가 이야기를 멈출까봐 감정을 숨
기는 모습까지 보였다. 게다가 바하를 지칭해 '졸렬한 놈'이
라고 말했을 때 신아는 내게 아니라고 했다. '졸렬한'이 아니
라 '천열한'이라 말했다고 했다. 나와 신아 아버지는 적잖이
당황했다. 네가 그것을 어떻게 아느냐고 신아에게 물었더니

"그냥 그랬을 것 같아요"하고 얼른 다음 이야기를 해달라고 졸랐다.

이야기를 마쳤을 때 신아와 달리 신아 아버지의 표정이 좋지가 않았다. 배탈이 난 사람처럼 안색이 어두웠다. 어디 불편한 곳이 있느냐고 물으니 그는 괜찮다며 억지 미소를 지어 보였다.

나는 쑤어 둔 죽이 있는데 괜찮다면 같이 먹자고 권했다. 신아 아버지는 집에서 아내가 기다리고 있다며 다음에 함께 식사하자고 했다. 나는 신아를 무릎에서 내려주고 두 사람 가는 길을 배웅했다. 신아가 할아버지 또 올게요, 옛날이야기 또 들려주세요, 하며 머리 위로 손을 흔들었다. 나는 정말 할아버지가 된 듯 허허, 웃으며 알겠다고 대답했다.

몇 개월이 지나고, 낙엽이 한 잎 두 잎 떨어질 때 신아 아버지가 혼자서 나를 찾아왔다. 신아와 함께 온 그날 이후로는 방문이 없던 그는 핼쑥해진 모습이었다. 그는 고개를 숙이고 말했다.

"오늘은 제가 노자님께 이야기를 드리고자 찾아왔습니다."

그의 진지한 말투에 나는 자세를 고쳐 앉았다.

"앉으세요."

그는 의자에 앉지 않고 대뜸 무릎을 꿇었다. 당황한 나는 그를 일으켜 세우려 했지만 그는 단단히 뿌리 내린 나무처럼 꿈쩍도 하지 않았다.

"신아 아버지 왜 그러세요? 얼른 일어나세요."

그는 대뜸 미안합니다, 하며 이마를 땅에 박았다. 그러고 한마디 덧붙였다.

"저는 빙하민족입니다."

그 한마디에 그의 행동이 이해되었다.

"모든 것이 저희 빙하민족의 탓입니다."

신아 아버지는 상체를 일으키고 숨을 크게 들이마셨다.

"아주 오래 전, 왕이 선생들을 빙하지역으로 내몰았습니다. 죽으란 것이었지요. 빙하는 농사를 지을 수 없는 곳으로 식량이 턱없이 부족했습니다. 그나마 먹을 수 있는 것은 백곰 같은 육류였는데 곡물죽만 마시는 선생들은 그마저도 먹지 못했지요. 식량뿐 아니라 살인적인 추위로 대부분 선생이 죽고 극소수만이 빙하지역에 적응했습니다."

소에게서도 듣지 못한 이야기였다. 나는 신아 아버지를 의자에 앉히려 어정쩡한 자세로 서 있다가 결국 그와 같이 바닥에 앉았다. 그의 이야기가 이어졌다.

"수백 년이 흐르고 그들은 빙하민족으로 불렸습니다. 그때 당시 빙하민족은 육지인들에게 얼음을 파는 것 외에 마땅한 수입이 없었어요. 사는 게 어렵다 보니 대다수의 빙하민은 멍청한 조상 때문에 고생한다며 불평했습니다. 빙하를 떠나고 싶어도 가난해서 갈 곳이 없었어요. 농사를 지을 수 있고 따뜻한 지역에 사는 육지인을 부러워했습니다. 그러다가 지금으로부터 이백 년 전, 빙하 밑에서 존엄의 상징인 검은 보석 도모가 쏟아져 나왔습니다. 도모 광상이었어요. 도모 광상은 육지로 진출할 유일한 희망이었습니다. 당시 빙하민족장이었던 저의 고조부께서는 도모를 채굴하기 위해 빙하를 자르고 또 잘랐습니다. 자른 얼음은 얼음대로 팔아서 수익을 내고, 빙하 밑의 보석은 보석대로 수익을 냈습니다. 결국 육지보다도 넓었던 빙하는 백 년 만에 반 토막이 났습니다. 덕분에 빙하민족은 역사상 유례없는 부유한 국가가 되었어요. 매일이 축제였습니다. 그러다 제가 어렸을 때 빙하민족은 빙하 위에 살지 않았어요. 빙하가 모두 녹아서 없어졌거든요. 그때까지도 어떤 일이 닥치게 될지 아무도 몰랐어요. 우리는 넘쳐나는 돈으로 마을마다 거대한 배를 만들어 살았습니다. 소유한 땅이 많이 있었지만 일을 해야 할 필요가 없으니 굳이 육지로 갈 이유도 없었지요. 우리는 조류를 따라 전 세계를 유

랑하며 살았습니다. 그런데 언제부터인가 안개가 점차 짙어
지더니 그치지 않는 비가 내리기 시작했고 모든 육지가 물에
잠겼습니다. 빙하민족은 그 폭우 속에서 뿔뿔이 흩어졌고요.
다른 배의 사정은 어떨지 모르지만 우리는 배에 비축해둔 식
량이 많았기 때문에 목숨을 지킬 수 있었습니다. 살아남았다
고 기뻐할 일이 아니었어요. 세상 사람 모두를 죽이고 우리만
살아남은 게 무슨 의미가 있겠습니까.”

'모두를'부터 목소리가 떨리기 시작한 신아 아버지는 잠시
말을 멈췄다. 그의 시선은 목적지 없이 허공에 머물러 있었다.

“비가 그치고 우리 배가 어느 산봉우리에 걸쳐 멈췄습니
다. 그것은 산이 아니라 산처럼 쌓인 시체였어요. 사람뿐 아
니라 온갖 동물의 사체가 쌓여 있었습니다. 조류에 쓸려 사
체가 한곳으로 모여들었나 봅니다. 배에서 내려야 하는데 사
체 때문에 나갈 수가 없었어요. 햇볕이 내리쬐자 냄새가 풍기
기 시작했고 시체 썩는 냄새로 인해 물조차 마실 수 없게 됐
습니다. 마을 사람들이 고통스러워했어요. 우리는 바닥이 보
이지 않는 밤에 배에서 내렸습니다. 시신들이 불어터진 탓에
갯벌에 들어선 듯 발이 빠졌고, 밟히는 사체의 피부가 꼭 돌
에 붙은 이끼처럼 미끄러웠어요. 나중에 알게 된 사실이지만
형제 같은 이웃 세 사람이 그곳에서 못 빠져나왔더군요. 가슴

이 아프지만 그렇게 끝난 줄만 알고 있었습니다. 그런데 이곳에 와서 정착하고 마을 사람들이 이상한 증세를 보였습니다. 밤만 되면 손톱을 세워 발바닥을 긁는 거예요. 사람들은 사체 밟는 느낌이 든다며 그 느낌이 사라질 때까지 긁습니다. 말리지 않으면 발에 뼈가 드러날 때까지 긁어서 밤만 되면 양손을 묶어 벽에 매어 놓습니다. 누가 그러더라고요. 그게 시체 독이라고."

그러고 보니 신아 아버지의 발이 붉은 천으로 돌돌 말아져 있었다. 신아 아버지는 고통스러워 보였다. 그의 말소리가 우는 소리로 바뀌어 심하게 떨렸다.

"맞습니다. 빙하민족이 그들을 죽였습니다. 겨우 돌멩이 꺼내자고 그들을 죽였어요. 우리가 죄인입니다. 그래서 죗값을 치르는 겁니다."

그는 두 손으로 얼굴을 덮었다. 두꺼운 두 손에 숨이 막혀 죽어버리기를 바라는 것 같았다.

조금씩 들썩거리는 등을 쓸어내리자 신아 아버지는 충혈된 눈을 두 손 밖으로 드러냈다.

"노자님이 바다가 넘칠 걸 미리 알고 노파산으로 동물들을 데리고 올라가 살렸다는 이야기를 마을 사람에게 들었습니다. 그래서 혹시 빙하민족과 관련 있지 않을까 생각했습니다.

그런데 빙하민족에 대해서는 모르시는 것 같더군요. 그날 신아가 입고 왔던 옷이 빙하민족 전통의상입니다. 모든 여인이 그와 같은 옷을 입으니 빙하민족에 대해서 아신다면 반드시 그 옷도 아실 거라고 생각했었죠."

"빙하민족에 대해서는 잘 알지 못합니다."

신아 아버지는 작게 고개를 끄덕이고 말했다.

"저의 증조부와 빙하민족이 이 세상에 너무나 큰 죄를 저질렀습니다. 이 목숨 하나로도 갚을 수 없을 겁니다. 남은 빙하민족 사람들 목숨을 모두 바쳐도 갚을 수 없음을 압니다. 그런데 아무것도 모르는 우리 신아에게만은 그 죗값을 물려주고 싶지 않습니다. 염치없는 바람이지만 아비로서 어린 딸에게 그것만은 주고 싶지 않습니다. 노자님, 저는 어떻게 해야 합니까?"

어려운 질문이었다.

그의 질문에 곧장 대답하지 못하고 꽤 많은 시간을 흘려보냈다. 머리 위에 머물던 해가 지평선 끝에 몸을 반쯤 숨길 때까지 나는 입을 열지 못했다. 그렇게 고민한 끝에 찾은 대답은 잘 모르겠다,였다. 나는 '미안하지만 잘 모르겠다'고 했다. 어설픈 답변으로 그를 위로하고 싶지 않았다. 대신 함께 고민해보자고 했다.

신아 아버지는 원하는 답변을 듣지 못했으면서도 연신 고맙다며 눈물을 흘렸다. 신아 아버지가 계속 고맙다고 하니 나는 어찌해야 할지 모르고 어색하게 그의 어깨만 토닥거렸다.

신아 아버지는 자신이 성문을 지키는 문지기 일을 자처했다며 빙하민족의 후손임을 사죄하는 심정으로 세상에 봉사하겠다고 했다.

3

　　나는 오랜 시간을 사람들과 떨
어져 지냈다. 그래서 기회가 주어진다면 많은 사람과 가깝게
지내고 싶었다. 이곳에 정착하고 사람들과 어울리는 생활에
나는 만족하고 있었다. 하지만 떠나야만 했다. 그럴 만한 이
유가 생겼다.

　　며칠 전, 무위꽃 숲 안에서 바스락거리는 소리가 들렸다.
처음에는 손님이겠거니 했는데 내게 오는 것이 아니라 숲 안
을 맴도는 느낌이었다. 나는 의자에서 빠져나와 소리를 따라
갔다.

멀지 않은 곳. 벌거벗은 사람의 뒷모습이 보였다. 무위꽃 아래 쪼그려 앉아 손으로 바닥의 흙을 걷어내고 있는 것 같았다. 척추뼈가 드러나는 것으로 봐서는 사람이 맞는 것 같은데… 양쪽 귀가 없이 둥근 머리통이었다.

털 없는 짐승인가? 엄청나게 큰 개구리인가? 용기를 내어 말을 붙였다.

"뭐 찾는 게 있으십니까?"

그는 내 인기척을 느끼지 못했는지 튕기듯 일어났다. 귀 없는 사내! 분명 검나루에서 만난 적 있는 그 사내였다. 그러나 그는 나를 못 알아보는 것 같았다. 그간 무슨 일이 있었는지 그때와 모습이 많이 변해 있었다. 머리카락과 눈썹 등 털이 모두 빠졌고 살가죽 위로 뼈가 드러났다. 누군가에게 쫓기는 개처럼 발뒤꿈치를 들어 달달 떨며 주변 눈치를 살폈다. 그리고 한 손에 커다란 해골을 소중히 안고 있었다. 양쪽 귀가 없다는 큰 특징이 아니었다면 결코 알아보지 못했을 것이다. 그는 이상한 말을 했다.

"할아버지. 여기 귀한 것 있나요? 선물을 줘야 하는데…."

"선물이요? 글쎄요. 여기는 선물을 할 만한 게 없는데. 밥은 먹었어요? 산딸기와 죽이 있는데 조금 줄까요?"

사실 산딸기는 없었다. 그가 나를 기억하는지 알아보려고

225

떠본 말이었다. 그는 내 질문에 대답하지 않고 다시 숲속으로 들어가려 했다. 나는 그의 앞을 가로막으며 눈을 마주치려 애썼다. 그러나 그는 계속 고개를 돌리며 눈을 마주치지 않았다. 내가 마을 방향을 가리키며 말했다.

"저쪽으로 가면 마을이 있어요. 그쪽으로 가 봐요. 찾는 게 있을지도 몰라요."

그는 고개를 한 번 끄덕이고 마을 반대 방향으로 가버렸다. 기분이 찜찜했지만 나는 애써 모른 체하며 자리로 돌아와 앉았다. 그리고 한참 동안 사내를 잊고 있었다. 가장 편안한 자세로 몰려오는 먹구름을 바라보고 있을 때였다.

"음메."

소 울음소리였다. 이곳에 와서 한 번도 울지 않았는데 이상한 일이었다. 그리고 보니 아까 귀 없는 사내가 갔던 방향이 외양간이 있는 곳이었다. 나는 지팡이도 없이 외양간으로 달렸다.

그곳에는 귀 없는 사내가 외양간 담을 사이에 두고 고삐를 잡아당기고 있었다. 얼마나 세게 당겼는지 소의 코에서 피가 뚝뚝 떨어졌다. 소는 고통스러운지 연신 '음메' 소리를 냈다.

사내는 쓰러질 듯 몸을 뒤로 젖혀서 줄을 당기고 있었다. 나는 얼른 귀 없는 사내에게 달려가 그의 발뒤꿈치를 발로 차서 넘어뜨렸다. 귀 없는 사내가 볼품없이 자빠지며 줄을 놓았다.

당기는 힘이 없어지자 소는 먼발치로 달아났다. 외양간이 넓었기 때문에 이제 들어가서 줄을 잡기는 무리였다.

몸을 일으킨 귀 없는 사내는 그야말로 미친 사람 같았다.

"소를 가져가야 해. 할아버지 방해하지 말아요."

나는 그와 외양간의 사이에 서서 양팔을 벌려 막아섰다.

"저 소는 내 친구입니다. 못 데려가요."

그러나 귀 없는 사내는 같은 말을 계속 반복하며 외양간 안으로 들어가려 했다.

모르긴 몰라도 화난 소가 뿔로 들이받는다면 사람 갈비뼈 쯤은 갈대처럼 쉽게 부러뜨릴 것이었다. 소의 안전을 위해서 귀 없는 사내를 막았지만 그가 죽는 것도 바라지 않았다.

그렇게 승강이하던 중에 귀 없는 사내는 또다시 이상한 이야길 했다.

"유루로님이 살려주었어요. 나는 소를 선물해 주어야 해요. 선물."

그는 고장 난 것처럼 반복적으로 선물이라는 단어를 말했다.

나와 귀 없는 사내의 승강이는 해질녘까지 이어졌다. 결국에 그는 돌아갔지만 언제 다시 올지 알 수 없었다.

나는 한숨을 내뱉으며 외양간에 등을 기대고 앉았다. 잠시 쉬고 싶었다. 소는 사내가 떠날 때까지 외양간 울타리를 따라 뱅글뱅글 돌다가 그가 사라지자 조금씩 안정을 되찾아가는 듯 보였다.

어릴 때 포악한 푸줏간 주인이 소 잡는 모습을 보고 충격을 받아 그 자리에서 울음을 터뜨린 적이 있다. 푸줏간 주인은 돌멩이를 던지듯 신경질적으로 말했다.

"질질 짜지 마, 시끄럽게! 미물은 사람을 위해서 태어나는 거야. 따뜻한 털가죽과 맛있는 고기를 주기 위해서. 그렇지 않으면 태어날 이유가 없어."

그는 초승달처럼 생긴 칼등으로 소의 갈비뼈를 툭툭 치며 말했다.

"네가 보기에 얘가 슬퍼할 것 같아? 아니야. 미물은 생각이 없어서 슬프지도 않고, 고통도 몰라."

나는 아저씨에게 볼멘소리로 대들었다.

"그렇지만 아까 소가 여기 좁은 틀에 갇혔을 때 눈물 흘리면서 바둥거렸잖아요. 아저씨가 이마에 도끼질할 때 아파하기도 했어요."

"그건 슬픈 척, 아픈 척, 사람을 따라 하는 거야. 글쎄 미물은 생각이 없다니까? 내가 잘 알겠냐? 네가 잘 알겠냐? 미물들은 아픔을 못 느껴!"

그때는 그의 말이 맞는 줄 알았다. 하지만 검나루에서 수많은 동물과 만나고, 함께 생활하고, 함께 노파산을 오르고, 눈으로, 냄새로, 피부로, 온기로, 마음으로 교감하며 알았다. 아저씨가 틀렸다.

살아 있는 모든 생물은 사람과 똑같았다. 그들도 아파할 줄 알고 슬퍼할 줄 안다. 사람처럼 서로 다투기도 하고 사랑하기도 했다. 겉모습이 나라마다 다르고 사람마다 다르듯이, 살아 있는 모든 것은 그저 서로 다른 모습을 한 것뿐이었다.

귀 없는 사내가 다녀간 후로 나는 불안해서 견딜 수가 없었다. 며칠을 뜬눈으로 소를 지키며 고민한 끝에 마을에서 떠나야겠다고 마음먹었다. 그때 귀 없는 사내가 다시 왔다. 어떤 사내와 함께였다.

내가 먼저 말을 붙였다.

"무슨 일입니까?"

그가 데리고 온 사내는 분화구에서 나와 눈이 마주쳤던 빨간 눈의 사내였다. 빨간 눈의 사내가 말했다.

"흰머리. 사람들이 당신을 선생이라고 부른다며? 그래서 무엇이든 물어본다고 하던데. 나도 물어볼 게 있어서 왔어."

그는 하얗게 핀 무위꽃 줄기를 꺾으며 말했다.

"우리가 농사를 지어야 하는데 일을 할 사람이 부족해. 농기구도 부족하고 말이야. 당신 생각에 어떻게 하면 좋을 것 같아?"

"소 때문에 오셨군요."

그가 잔망스럽게 대꾸했다.

"이야, 선생 맞네. 맞아! 말도 안 했는데 척척 맞추네. 그래, 그 검은 소 가지러 왔어. 어디에 뒀어?"

귀 없는 사내가 고자질하듯이 사내에게 말했다.

"저기, 저쪽입니다. 내가 알고 있습니다."

"너는 조용히 하고 있어."

눈 빨간 사내가 손을 머리 위로 올리자 귀 없는 사내는 겁먹은 개처럼 질끈 눈을 감고 두 팔로 머리를 감쌌다. 눈 빨간 사내가 다시 내게 말했다.

"당신도 사람이잖아. 이렇게 힘든 시기에 사람이 먼저 잘 살아야 미물도 챙겨주지, 안 그래?"

나는 이들을 가르치는 것이 무의미하다는 것을 잘 알고 있었다.

"맞아요. 일손이 필요할 것입니다. 소를 넘겨드리죠. 대신 소 값으로 내 주먹만큼의 황금을 주십시오. 당신들의 왕이 호탕하다고 들었습니다. 그 정도 인심을 써줄 거라고 믿습니다."

"허허, 의외로 세상 살 줄 아네."

그는 내가 값을 부르자 수긍했다. 대신에 소를 먼저 가져가겠다고 했다.

"나를 키워주신 홍구 아줌마가 말씀하길, 몽둥이에 맞아 죽을지언정 물건을 먼저 줘서는 안 된다고 하셨죠. 소는 저자가 훔쳐 가려고 해서 아무도 모르는 곳에 숨겨뒀습니다. 어차피 나는 당신에게서 도망칠 능력도 없고 황금만 받으면 그뿐입니다."

그는 한껏 인상을 찌푸렸다. 그 모습이 어찌나 섬뜩한지, 오줌이 나올 것 같았다.

"우리가 그렇게 쪼잔해 보여?"

나는 무서운 마음에 오히려 큰 소리로 말했다.

"내, 내가 소를 잡으려고 얼마나 고생했는지 아십니까? 이 다리를 보세요."

나는 부러진 채 굳어버린 왼쪽 종아리를 앞으로 뻗어서 달랑달랑 흔들어 보였다. 이어서 말했다.

"그 소를 잡다가 이 꼴이 났어요. 그 녀석 몸값으로 금 한 덩어리를 꼭 받아야겠습니다!"

챙! 빨간 눈 사내가 예리한 검을 내 목에 가져다 댔다. 비릿한 피 냄새가 콧구멍으로 밀고 들어와 오금을 잡고 흔들었다.

그가 말했다.

"욕심 부리다가 죽는 수가 있어. 어차피 그 정도 황금이면 늘그막에 다 쓰지도 못하고 죽을 거, 절반이면 충분하겠네."

빨간 눈 사내가 귀 없는 사내를 데리고 돌아갔다. 귀 없는 사내는 그의 뒤를 졸졸 따라가며 유루로님이 좋아하시겠지요, 직접 드리고 싶은데, 유루로님은 어디에 계시나요, 연신 말을 쏟아냈다.

그는 소보다 황금이 더 값지다고 여겼기 때문에 내가 도망갈 것이라는 의심은 조금도 하지 않았다.

4

　　　　　　　　　　소의 등에 타고 성문에 도착했
을 때, 신아가 아버지와 함께 있는 것이 보였다.

　신아 아버지가 말했다.

　"세상이 아직 안정되지 않았는데 아무리 노자님이라도 마
을에서 벗어나는 건 위험합니다."

　"그렇지 않아요. 어쩌면 세상에서 이곳이 가장 불안정한
곳입니다."

　나는 밤새 쓴 편지를 품에서 꺼내 신아 아버지에게 건넸다.

　"이 편지는 소가 부광에게 남기는 편지였습니다. 그런데

부광이 왕좌를 빼앗겼다면 어찌 됐을지 짐작이 됩니다. 제 생각에 이 편지는 신아 아버님께 더 필요할 것 같습니다. 어떻게 살아야 하냐고 물으신다면 저는 잘 모르겠습니다. 다만, 이 편지에서 해답을 찾을 수 있으시리라 믿습니다. 소를 찾아다니던 길에 원본을 분실해서 기억나는 대로 순서도 없이 적었습니다. 이해해주시기 바랍니다."

그는 두 손으로 공손히 편지를 받아들고 고개 숙여 인사를 했다.

신아는 아버지의 옆에서 아랫입술을 씰룩거리며 울음을 터뜨릴 준비를 하고 있었다. 나는 신아에게 작별인사를 하는 대신 소를 소개했다.

"신아야, 이 할아버지가 얘기한 소가 바로 이 소란다. 봐라, 엄청 잘생겼지? 진작 소개해주고 싶었는데 미안하구나."

신아는 작고 부드러운 손으로 소의 앞다리를 쓰다듬었다. 그러면서 여전히 입술을 씰룩거렸다.

"할아버지 우리 마을에서 떠나요?"

"소와 여행을 가려고. 혹시나 돌아오게 되면 이 할아버지가 옛날이야기 많이 들려주마. 너는 그때까지 건강하게 지내거라."

신아는 으앙 소리를 내며 돌아서서 아버지 다리에 얼굴을 묻었다.

성문지기인 그가 성문을 활짝 열어주자 나는 그를 향해 고개를 한 번 끄덕이고 소와 함께 성문을 빠져나갔다.

정말로 좋은 인연이었다. 짧은 시간이었지만 정말 할아버지가 된 기분이었다. 태어나서, 인연을 맺었고, 풍파를 함께 견뎠고, 도망치는 내 모습까지. 나의 겨울 이야기를 온전하게 봄에게 전달했다.

소에게 신아가 당신의 제자가 맞는지 물었지만, 소는 혀로 내 머리털을 핥을 뿐이었다.

신아 아버지에게 준 편지가 먼 훗날 〈도덕경〉이라고 불리며 많은 사람에게 읽히게 된 것을 나는 알지 못했다.

작
가
의
말

———

소설 〈무위꽃 정원〉을 집필하며 원고를 엎어야 할까, 하는
갈등을 여러 번 느꼈다. '내가 과연 노자(老子)라는 거인 어깨
위에서 그의 목소리를 흉내내도 되는 걸까?'라는 고민 때문
이었다. 그래서 작가의 말은 나의 고백으로 시작하려 한다.
  나는 노자의 사상을 오롯이 이해하지 못했다. 일평생을 투
자한다고 해도 해낼 자신이 없다. 다만 내가 이해한 범위 안
에서 〈노자〉라는 텍스트는 내게 커다란 영감을 주었고, 노자
를 나의 첫 작품의 주인공으로 섭외하고 싶었다.
  제목인 〈무위꽃 정원〉에서 무위(無爲)는 노자 철학의 핵심

키워드라고 해도 과언이 아니다. 나는 그가 말한 무위를 '욕심이 없는 행동'이라고 해석한다. 그런 태도는 마치 꽃이 사는 모습 같아서 작위(作爲)적인 인간의 태도와 상반된다.

인간이 하는 행동을 두고 작위적이다, 아니다 구별하는 것은 어려운 일이다. 하지만 빙하를 깨고 내려가 도모*(叨冒)라는 보석을 캐는 빙하민족의 행동은 작위적이라고 말할 수 있다. 빙하민족은 자신들의 행위가 미래에 재앙으로 닥쳐올 것을 알면서도 그 욕심을 버리지 않았기 때문이다. 또한 그들이 추구한 가치는 인위적인 것으로, 온 생명과 맞바꿀 만한 것이 아니었다.

나는 이 소설을 통해 두 가지를 말하고자 했다. 인간의 '욕심'과 '차별'이 그것이다. 도모라는 보석을 설정한 것은 이 두 가지 문제를 아우르기 위함이었다.

보석의 종류마다 각각 어떤 의미를 상징하는 것처럼, 도모라는 보석도 '존엄성'**을 상징한다. 나는 이 존엄성이라는 것도 다이아몬드처럼 인위적으로 만들어진 가치라고 생각한

• 도모(叨冒) : 지나치게 탐하는 욕심 = 탐욕, [표준국어대사전]
•• 본래 이 존엄성은 고대 사회에서 신(神) 또는 자연(天)에게 부여한 신성성이었으나, 백성을 효과적으로 통제하기 위해 왕(王)이 신의 대리자로서 그 신성성을 위탁한 것이다.

다. 인간 외에 어떤 종(種)의 생물도 인간의 존엄성을 인정하지 않기 때문이다. 만일 인간이 존엄하다면 인간이 신을 섬기듯, 사자나 코끼리 같은 동물이 인간을 섬겨야 할 것이다. 하지만 야생에서 맹수에게 공격받은 사건들을 살펴보면 야생동물이 인간을 존엄한 존재로 여긴다고 보기 어렵다. 이것은 예컨대 내가 백만 원이라고 적은 종이를 가지고 물건을 살 수 없는 것과 같다. 즉, 존엄성이란 생명 사회에서 인정한 가치가 아니라, 인간이 만들어낸 가치라는 것이다.

그렇다고 해서 내가 인간이 존엄하지 않다고 생각하는 것은 아니다. 인간은 존엄하다. 하지만 정확히 말해야 할 것이다. 인간만 존엄한 것이 아니라 모든 생명이 존엄한 것이다. 그런데 모든 생명이 존엄하다는 사실은 이 세상에 '존엄'이라는 단어가 만들어질 필요가 없었다는 말과 같다. 왜냐하면 존엄하지 않은 존재가 없기 때문이다. 그런데 존엄이라는 단어가 만들어졌다는 것은, 이미 존엄하지 않은 존재를 만들었다는 말과 같다.

지돈 씨가 바하왕 한 사람을 존엄한 존재로 만들기 위해 백성들을 신분, 빈부, 성별, 나이로 나누고 가장 비천한 자리에는 말 못 하는 동물을 배치한 것이 진정한 가치에 의한 게 아니라 인간의 욕심으로 만들어낸 '차별'임을 말하고자 했다.

이 같은 설정의 시작은 실(絲)에서부터이다. 소설 속에서 실이 목줄이나 활과 같은 물질적 도구로 쓰이기도 하지만, 실이 상징하는 것은 '기준'이다. 나와 너, 내 땅과 네 땅, 옳고 그름, 아름다움과 추함, 많고 적음 등. 여기서 중요한 점은 이 같은 분별이 나쁘다는 것이 아니라, 이분법적 사고가 갈등의 원인이 될 수 있으며 쉽게 차별로 발전한다는 것이다. 실제로 우리 사회에서 벌어지는 갈등의 대부분은 이러한 분별에 의한 것임을 관찰할 수 있다.

갈등의 세상과 달리, 솥 안의 곡식들의 세상은 쪼개지고, 부서지고, 뭉치고, 흩어지고, 섞이는 일련의 과정에서 이것과 저것의 분별이 무의미하다. 이 같은 설정은 노자가 말한 도(道)와 엮은 것으로, 도의 혼연성과 순환 운동을 표현하고자 했다. 선생이 죽만 마신다는 설정도 〈노자〉에 등장하는 도를 따르는 성인(聖人)을 표현한 것이었다.

이 소설에서 독특한 점은, 도가(道家) 철학자 노자의 목소리를 빌리면서도 도(道)라는 단어를 단 한 번도 쓰지 않았다는 것이다. 그것은 '도'라는 단어가 오염됐기 때문이다. 현대 사회에서 '도'란 비과학적이고, 선진 문명에 뒤처진 것으로 인식하는 경향이 없지 않다. 그뿐만 아니라 '도'를 특정 집단의 고정적인 멘트처럼 여기며 기피의 대상으로 생각하는 사람 또한 많이 있다. 그런 부정적인 인식 때문에 나는 '도'라는 단어에서 도망칠 필요를 느꼈고, 대신에 '죽'으로 그 빈자리를 메웠다. 사실 노자도 그것은 이름을 붙일 수 없는 것이지만 억지로 붙여서 '도(道)'라고 한다 했으니, 죽으로 하든지 똥으로 하든지 그것은 그다지 중요한 문제가 아닐 것이다.

〈무위꽃 정원〉을 읽어주신 독자들께 진심으로 감사의 인사를 드립니다.

추천사를 써주신 조민환 교수님, 김동식 작가님께 감사드립니다.

이 책이 세상에 나올 수 있도록 도와주신 사과나무 출판사 권정자 대표님께 감사드립니다.

마지막으로 나의 거인 마야선생에게 감사합니다.